Kira Gembri

Ruby Fairygale – Die Hüter der magischen Bucht

Alle Bände von **Ruby Fairygale**:

Band 1: Der Ruf der Fabelwesen
Band 2: Die Hüter der magischen Bucht

Kira Gembri

Ruby Fairygale

Die Hüter der magischen Bucht

Band 2

Mit Illustrationen von Verena Körting

Loewe

ISBN 978-3-7432-0460-7
2. Auflage 2020

Umschlag- und Innenillustrationen: Verena Körting
Umschlaggestaltung: Johanna Freter
Printed in the EU

www.loewe-verlag.de

Inhalt

1. KAPITEL

Ein magisches Hatschi

Der alte Fergus schnaubte wie ein wütender Stier. Beide Hände um den Rand des Tresens gekrallt, starrte er Brenda Graham aus zusammengekniffenen Augen an.

Die ließ sich allerdings nicht einschüchtern. „Ich sage es dir jetzt zum letzten Mal“, verkündete sie. „Als Postbeamtin von Patch Island trage ich viel Verantwortung und muss mich strikt an die Regeln halten. Ich darf keine Briefe aushändigen, wenn mir der Empfänger seinen Ausweis nicht zeigt. Auch du kannst daran nichts ändern, mein lieber Fergus, und wenn du dich auf den Kopf stellst!“

„Was, wenn ich stattdessen *dich* auf den Kopf stelle?“, knurrte Fergus.

Brenda spitzte die Lippen. „Das versuch erst mal“, sagte sie unbeeindruckt.

Ich hielt die Luft an, um nicht loszulachen. Der alte Fergus war viel kleiner und dünner als Brenda, die zugleich Wirtin, Köchin und Postbeamtin war. Jede Woche kriegten die beiden sich in die Haare – aber keiner der Inselbewohner nahm den Streit wirklich ernst. Montags kam das Postschiff zu unserer kleinen Insel, dann brachte Brenda die Lieferung mit einem Pferdewagen zum Graham’s Inn, und immer war der alte Fergus der Erste, der sich vor ihrem Tresen anstellte. Seinen Ausweis konnte er allerdings nie herzeigen – wahrscheinlich hatte er den schon vor Jahren verloren. Im Grunde brauchte er auch keinen, denn auf Patch Island kannten wir einander sowieso in- und auswendig.

Doch Brenda war das vollkommen egal. „Der Nächste, bitte“, sagte sie und lehnte sich an Fergus vorbei.

Noah warf dem Alten einen entschuldigenden Blick zu, ehe er einen Schritt nach vorne trat.

„Post für Noah Arons? Kommt sofort", zwitscherte Brenda, ohne auch nur ein Wort über Noahs Ausweis zu verlieren. „Bitte sehr, mein Junge."

Fergus knirschte so laut mit den Zähnen, dass mir ein Schauer den Rücken hinunterlief. Schnell zog ich Noah aus der Schusslinie, nur für den Fall, dass der Alte gleich mit zusammengeknüllten Papierservietten nach Brenda warf. Auch das kam nämlich mit schöner Regelmäßigkeit vor.

Inzwischen hatte Noah die Postkarte gelesen, die Brenda ihm überreicht hatte. Als ich ihn fragend anschaute, verzog er das Gesicht.

„Von meinem Dad", erklärte er. „Er schreibt, dass er auf einer Architekten-Konferenz in Japan ist, viele interessante Menschen trifft und … blablabla."

„Blablabla?", neckte ich ihn. „Da hätte er sich mit dem Schreiben schon etwas mehr Mühe geben können."

Noah seufzte. „Also, er erzählt auch von einem Internat, das schon jetzt im Sommer freie Plätze hätte. Aber es klingt total blöd."

Von einer Sekunde auf die andere fiel mein Grinsen in sich zusammen. Der Gedanke daran, dass Noah schon bald auf eine Schule in Amerika gehen würde, traf mich wie ein Schwall eiskaltes Wasser. Natürlich wusste ich, dass seine Ferien in wenigen Wochen vorbei sein würden, aber ich gab mir große Mühe, diese Tatsache zu verdrängen.

„Wieso klingt es denn blöd?", hakte ich vorsichtig nach.

Noah zerriss die Karte und ließ die Fetzen in den Papierkorb neben dem Tresen segeln. „Scheint eine Mischung aus Uni und Gefängnis zu sein. Dort gehe ich ganz bestimmt nicht hin, schon gar nicht vor dem Ende der Ferien. Mein Dad wird hoffentlich noch was Besseres finden."

Damit war das Thema für ihn offenbar erledigt, aber meine Kehle fühlte sich seltsam eng an. Genau davor hatte ich ja Angst: dass Mr Arons bald etwas Besseres fand und dann auch Noahs Begeisterung weckte. Für einen weltberühmten Architekten wäre es schließlich kein Problem, einen Platz am luxuriösesten Internat von ganz Amerika zu bezahlen. Und sosehr ich meine Heimat auch liebte – damit konnte Patch Island einfach nicht mithalten. Das einzig Luxuriöse hier war das Glitzerhalsband von Mr Murphy, dem dicken Mops.

Als hätte Fergus meine Gedanken erraten, wandte er sich plötzlich zu uns. „Was Besseres, was Besseres", äffte er Noah nach. „Typisch Amerikaner. Für euch muss alles rekordverdächtig sein! Da lob ich mir unsere Insel, hier gibt es nix Besonderes, nix Außergewöhnliches …“ Abrupt verstummte er und presste die faltigen Lippen zusammen.

Im Gegensatz zu den anderen Bewohnern von Patch Island wusste er genau, dass die kleine Bucht im Norden sehr wohl etwas Besonderes war. Doch zum Glück behielt er dieses Geheimnis für sich – vermutlich, weil er furchtbar abergläubisch war und mit Übernatürlichem nichts zu tun haben wollte. Dass er die Sache verschwieg, um Nana und mir Ärger zu ersparen, glaubte ich kaum. Zu Fergus' Charakter gehörten nämlich weder Zurückhaltung noch Freundlichkeit.

Wie um das zu beweisen, redete er jetzt mit grimmiger Miene weiter: „Das Einzige, was hier rekordverdächtig sein könnte, ist dieses Postamt. Rekordverdächtig schlecht! Außergewöhnlich mies! Spektakulär grauenhaft!"

„Komm", murmelte ich und griff nach Noahs Arm. „Lass uns von hier verschwinden. Das geht jetzt noch eine halbe Ewigkeit so weiter, bis Brenda irgendwann doch Fergus' Post rausrückt."

Noah nickte nur – er hatte nun schon einige dieser Montags-Diskussionen erlebt. Mittlerweile kam er auch damit klar, dass Tratschtanten-Tilda ihren Mops so behandelte wie ein Baby und Mr O'Leary ständig peinliche Interview-Fragen für die Inselzeitung stellte. Während der letzten Wochen war Noah tatsächlich zu einem Teil von Patch Island geworden. Kaum zu glauben, dass er all das schon bald hinter sich lassen würde.

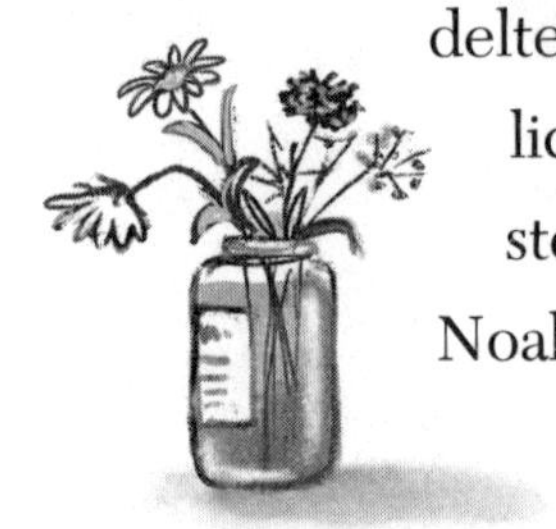

Jetzt schlängelte er sich geschickt zwischen den kleinen Tischen der Gaststube hindurch und grüßte dabei einige Inselbewohner, als wäre er schon seit Jahren mit ihnen bekannt. Ich folgte ihm schweigend, immer noch einen dicken Kloß im Hals. Als wir draußen vor dem Graham's Inn standen, fragte Noah: „Hey, sollen wir eine Tüte Bonbons aus Kathleens Bäckerei holen? Mir fallen da ein paar Leute ein, die sehr traurig wären, wenn wir heute Abend mit leeren Händen zu Besuch kommen!"

„Meinst du mit ‚Leuten' vielleicht kleine bärtige Kerle und mit ‚traurig', dass sie uns entsetzlich auf die Nerven gehen würden?"

„Du hast es erfasst", sagte Noah und lachte. Dabei schienen seine Augen die Farbe zu wechseln, so wie immer, wenn er fröhlich war. Sie wirkten dann viel heller und eher blau als grau. Normalerweise heiterte mich dieser Anblick sofort auf, aber diesmal konnte Noah mich nicht mit seiner guten Laune anstecken.

Hastig bückte ich mich und band Schmuggels Leine von einem Laternenpfahl los. Der Wolfshund erhob sich mit einem genervten Brummen, so als wollte er sagen: ‚Hat ja lange genug gedauert, ihr Rotzgören.'

Dann machten wir uns zu dritt auf den Weg, um Süßigkeiten für einen Haufen Kobolde zu besorgen.

Den ganzen Tag spukte mir der Gedanke an Noahs Abreise im Kopf herum. Meine Stimmung hob sich erst wieder, als wir abends zum Nordstrand kamen. Die Bucht wirkte düster, vor allem im Vergleich zum schönen, großen Strand auf der Südseite der Insel. Auch der Schuppen am Ufer sah nicht gerade einladend aus. Trotzdem spürte ich wie immer ein freudiges Kribbeln im Bauch, als wir auf das kleine verwitterte Häuschen zugingen.

Nana, die einen Rucksack mit Proviant und Medikamenten trug, stapfte voran. „Könnt ihr euch heute um die Kobolde kümmern?“, fragte sie. „Ich übernehme dafür die –“ Ohne Vorwarnung hielt sie an, sodass ich beinahe gegen sie gestoßen wäre.

„Was ist denn?“, fragte Noah, doch meine Großmutter hob nur warnend die Hand. Dann zeigte sie auf den Eingang zum Schuppen, und mein Herz setzte einen Schlag aus.

Die Tür stand ein wenig offen, sodass ein schmaler Streifen Licht zu uns nach draußen fiel. Das konnte nur eines bedeuten: Es gab einen Eindringling auf der magischen Pflegestation.

„Wartet hier“, flüsterte Nana. „Ich sehe nach, ob unser Besuch gefährlich ist.“

Noah und ich wechselten einen kurzen Blick, dann schüttelten wir gleichzeitig den Kopf. Meine Großmutter war der tapferste Mensch, den ich kannte, doch wir würden sie auf keinen Fall allein in den Schuppen gehen lassen.

Nana runzelte die Stirn, widersprach aber nicht. Vorsichtig zog sie die Tür weiter auf, und das Knarren der rostigen Scharniere ließ mich schaudern. Die Finger um Schmuggels Halsband gekrallt, folgte ich meiner Großmutter ins Innere des Schuppens. Noah blieb so dicht hinter mir, dass ich seinen Atem im Nacken spüren konnte. Leise durchquerten wir den Eingangsbereich und näherten uns den Pflege-Abteilungen. Den Anfang bildete eine künstliche Heidelandschaft, in der wir normalerweise von lärmenden, herumhopsenden Kobolden begrüßt wurden. Die meisten von ihnen waren nicht krank, sondern hatten sich bei Prügeleien Beulen und Schrammen zugezogen. Deshalb waren sie auch fit genug, um jede Menge Blödsinn zu machen. Nun aber herrschte in der Kobold-Abteilung verdächtige Stille.

„Was ist denn mit euch los?", fragte ich leise und spähte in die niedrigen Häuschen, die vorne offen waren. „Hat euch irgendjemand Angst eingejagt?"

Die Kobolde lagen brav in ihren Betten, nur ihre Gesichter mit den struppigen Bärten lugten unter den Decken hervor.

„Sagen wir nicht“, krächzte einer von ihnen, und ich konnte unmöglich erkennen, ob er dabei verschreckt oder frech dreinschaute.

„Dürft ihr nicht, oder wollt ihr nicht?“, hakte Noah nach.

„Dürfen nicht, wollen nicht, sollen nicht, du oller Wicht“, kam es prompt zurück.

„Eure Reime könnten echt besser sein“, spottete Noah, aber ich war viel zu nervös, um auf die Dichtkünste der Kobolde zu achten. Auch Schmuggel kam mir angespannt vor. Seine Schritte wurden immer langsamer, als ich ihn zur Meerjungfrauen-Abteilung führte. Seit einigen Tagen wohnten dort die Zwillinge Ava und Alanna, die von den smaragdgrünen Locken bis zu den Fischschwänzen genau gleich aussahen. Sie hatten auch denselben juckenden Ausschlag, weil sie allergisch auf die Abwässer reagierten, die von manchen Schiffen ins Meer geleitet wurden. Wenn sie sich nicht gerade kratzten, versuchten sie ständig herauszufinden, wer von ihnen schlauer oder witziger war, wer besser singen konnte oder die hübscheren Zöpfe flocht. Dabei ging es oft ganz schön laut zu, doch heute waren die beiden, genau wie die Kobolde, ungewöhnlich ruhig.

„Gut, dass ihr da seid“, wisperte Ava, als wir durch den feinen Sand der Meerjungfrauen-Abteilung schlichen. „Ihr werdet bereits erwartet.“

Alanna streckte einen Arm aus ihrer Badewanne und deutete zum hinteren Teil der Pflegestation. „In der Banshee-Abteilung“, fügte sie hinzu. Dann tauchte sie wieder ab, und man hörte nur noch ein leises Blubbern.

Unwillkürlich hielt ich den Atem an. War der Besucher ein Guhl – oder eine andere schaurige Kreatur? Einen Moment lang zögerte ich, aber dann fiel mir ein, was Nana immer zu sagen pflegte: *Ob Mensch oder Monster, in jedem steckt ein guter Kern.*

Jetzt schien Nana allerdings selbst nicht sicher zu sein, ob sie damit recht hatte. Als ich auf die nächste Abteilung zusteuerte, wandte sie sich um und zischte: „Bitte bleibt hinter mir!“

Ihre Miene war so ernst, dass ich instinktiv gehorchte – im Gegensatz zu Noah. Schon hatte er den künstlichen Friedhof erreicht und machte eine lässige Geste mit der rechten Hand. „Keine Sorge, es ist nur irgendeine F…“

Der Rest des Wortes blieb ihm in der Kehle stecken.

Nana und ich starrten nun ebenfalls in Richtung unserer Besucherin, die auf einem bemoosten Grabstein saß.

Was ihre Gestalt und Größe betraf, konnte man sie tatsächlich für „irgendeine Frau“ halten – doch spätestens auf den zweiten Blick erkannte man eindeutig, dass sie nicht menschlich war.

„Fee“, beendete Noah seinen Satz und schluckte hörbar. „Das ist eine, hab ich recht?“

2. KAPITEL

Drei Blicke in die Zukunft

Wäre ich nicht so überrumpelt gewesen, hätte ich wahrscheinlich gelacht. Noah tat immer, als könnte ihn nichts aus der Ruhe bringen, doch nun stand ihm der Mund weit offen und seine Augen wirkten groß wie Spiegeleier. Dabei hatte ich ihm schon vor einer Weile erklärt, dass die Herrscherinnen der magischen Welt keine süßen kleinen Flatterwesen waren. In Wirklichkeit konnten Feen manchmal echt Furcht einflößend sein, und sie führten Menschen liebend gern an der

Nase herum. Wahrscheinlich hatte unsere Besucherin die Tür zur Pflegestation absichtlich offen gelassen, um uns ein wenig Angst einzujagen.

Inzwischen hatte sie sich vom Grabstein erhoben und kam mit geschmeidigen Schritten auf uns zu. Ihre dunklen Haare fielen bis zur Hüfte hinab, und ihre Augen leuchteten ebenso gelb wie ihre Flügel. Am erstaunlichsten fand ich aber ihr Kleid, das ganz und gar aus verzauberten Pflanzen bestand: Blüten öffneten oder schlossen sich, und Efeuranken krochen um die Fee herum, als wären es Schlangen.

Während wir wie gebannt stehen blieben, breitete sie beide Arme aus. „Seid gegrüßt!“, sagte sie mit einer Stimme, die mich an klingelnde Glöckchen erinnerte. Trotzdem bekam ich davon eine Gänsehaut, und Schmuggel drückte sich an mein Bein. Die Fee sprach feierlich weiter: „Mein Name ist Florabella. Ich bin gekommen, um euch etwas äußerst Beunruhigendes über meine Gesundheit mitzuteilen! Es ist so, dass …“ Plötzlich hielt sie inne, ihre Augen wurden schmal, und ihr Gesicht verzog sich zu einer Fratze. Ich glaubte schon, sie würde jeden Moment vor Wut explodieren, als –

„HATSCHI!“

Wir zuckten alle drei zusammen. Das Niesen der Fee war so heftig gewesen, dass Laub aus ihrem Kleid geschüttelt wurde. Als die anderen Blätter sich gelegt hatten, stand die Fee immer noch reglos da, beide Hände auf ihr Gesicht gepresst.

Nana erholte sich als Erste von ihrer Verblüffung. „Interessant“, sagte sie und zog die Augenbrauen hoch.

Schnaubend ließ die Fee ihre Hände sinken. „Das ist überhaupt nicht interessant, sondern entwürdigend! Feen dürfen doch keinen Schnupfen haben!“, rief sie schrill. Auf einmal wirkte sie beinahe jämmerlich, vor allem, weil ein (golden leuchtender) Tropfen an ihrer Nasenspitze hing. Mit einem Seufzen rupfte die Fee ein Blatt von ihrem Rock und schnäuzte sich hinein. Gleich darauf musste sie abermals niesen.

„Ich halte das nicht mehr aus“, stöhnte sie zwischen zwei ohrenbetäubenden *HATSCHIs*. „Das geht schon seit dem Frühjahr so, und es wird immer schlimmer! Wie ist es bloß möglich, derart lange erkältet zu sein?“

„Hey, du kannst doch zaubern, oder?“, fragte Noah, der seine Ehrfurcht anscheinend abgelegt hatte. „Wieso zauberst du deinen Schnupfen nicht einfach weg?“

Florabella stutzte, als hätte sie Noah erst jetzt bemerkt. Dann verzogen sich ihre blutroten Lippen zu einem Lächeln. „Ahh“, hauchte sie, „mir ist bereits zu Ohren gekommen, dass auf dieser Pflegestation nun *zwei* Menschlein tätig sind.“

„Drei“, korrigierte ich, dann wurde mir klar, dass die Fee mit *Menschlein* wohl Noah und mich meinte. Nana schien in ihren Augen eine ernst zu nehmende Person zu sein.

„Noah hilft bloß vorübergehend“, erklärte ich ihr. „In ein paar Wochen muss er nach Hause zurück.“

Aufmerksam musterte Florabella mich, und ich hatte das Gefühl, als schaute sie geradewegs in mich hinein.

„Wie bedauerlich“, gurrte sie. „Er ist etwas Besonderes, nicht wahr? Jedenfalls für einen Menschen.“

„Äh, stimmt“, sagte ich, und weil mein Mund sich in peinlichen Situationen immer selbstständig machte, schickte ich hinterher: „Er kann echt superschnell Katzenklos sauber machen.“

Florabella zog die Nase kraus. Wahrscheinlich fand sie, dass *ich* für einen Menschen nicht ganz so besonders war. „Also, mein hübscher Knabe“, wandte sie sich in honigsüßem Ton wieder an Noah, „um deine Frage zu beantworten: Wir Feen sind sehr begabt darin, Dinge zu erschaffen, wachsen zu lassen und herbeizuzaubern. Aber ich möchte ja, dass mein Schnupfen *verschwindet.*"

„Und das wird er auch", schaltete Nana sich ein. „Ich habe bereits einen Verdacht. Jucken denn auch deine Augen?"

„O ja", seufzte Florabella und flatterte mit ihren langen Wimpern.

„Dann nehme ich an, du leidest an Heuschnupfen."

Schlagartig war Florabellas Wimpernklimpern vorbei. Ihre gelben Augen wurden riesengroß, und sie sog pfeifend die Luft ein. *„Wie bitte?"*

Nana deutete unbeirrt auf einige Pflanzen, die sich um den Körper der Fee rankten. „Das, das und das", sagte sie und tippte gegen die Blüten. „Gilt alles als hochallergen. Kein Wunder, dass deine Schnupfennase dir keine Ruhe lässt, wenn du so etwas trägst."

„Aber ich bin eine Fee! Wir lieben Blüten!"

„Du kannst sie ja lieben", entgegnete Nana freundlich, „aber bitte aus der Ferne. Außerdem gebe ich dir ein Nasenspray mit. Benutz das eine Woche lang und erzähl uns dann, wie es dir damit geht."

Die Pflanzen schienen das Gespräch genau verstanden

zu haben. Wie aus Trotz wucherten sie mit doppelter Geschwindigkeit, was Florabella einen neuerlichen Niesanfall bescherte. Als das letzte *HATSCHI* verklungen war, hatte Nana bereits das Nasenspray geholt und drückte es der Fee in die Hand.

„Na gut", ächzte Florabella und wischte sich über die Augen, die jetzt orange leuchteten. „Ich werde deinen Rat beherzigen. Vielleicht lassen sich meine Lieblinge ja dazu überreden, in meinem Garten zu wachsen statt auf meinem Kleid."

„Ganz bestimmt", sagte ich, obwohl ein paar Löwenzahnpflanzen empört die Blütenköpfe schüttelten. „Du wirst sehen, bei deinem nächsten Besuch ist der Schnupfen so gut wie weg."

Erstmals hatte Florabella auch für mich einen freundlichen Blick übrig. „Das will ich hoffen", meinte sie. „Als Dank werde ich jedem von euch eine Kleinigkeit geben."

„Das wäre doch nicht …", begann Noah, aber ich trat ihm in letzter Sekunde auf den Fuß. „Geschenke von Feen darf man nicht ablehnen", zischte ich. Besorgt spähte ich zu Florabella hinüber, doch Noah schien bei ihr nichts falsch machen zu können. Mit einem nachsichtigen Lächeln pflückte sie eine Knospe von ihrem Kleid und sah

Noah tief in die Augen. Die Knospe wurde größer, veränderte Farbe und Form, bis sie sich in ein zusammengerolltes Pergament verwandelt hatte. Florabella überreichte Noah die Rolle, dann wiederholte sie den Zauber bei Nana und mir.

„Viel Kraft für die nächsten Tage!“, sagte sie und klatschte in die Hände. Es wurde finster um uns herum – und als das Licht wieder anging, war die Fee verschwunden.

„Wuff“, machte Schmuggel, als wollte er sagen: ‚Himmeldonnerwetter, war das eine seltsame Person.‘

„Allerdings“, bestätigte ich, und Noah fragte: „Was meinte sie wohl mit ‚Viel Kraft für die nächsten Tage‘?“

„Manche Feen können in die Zukunft blicken“, erklärte Nana. „Ich wette, ihre Geschenke sind Weissagungen für uns.“

„Oh, super! Wie Glückskekse ohne Keks!“ Neugierig griff Noah nach dem goldenen Faden, der seine Rolle zusammenhielt – da stand er plötzlich mit leeren Händen da. Ein flaschengroßer Schatten war an ihm vorbeigeflitzt, und gleich darauf spürte ich, wie auch mir die Pergamentrolle aus den Fingern gerupft wurde. Nana erging es ebenso. Während wir einander noch verblüfft anschauten, ertönte ganz in unserer Nähe ein vertrautes, heiseres Lachen.

„Wie überaus reizend!“, keckerte jemand.

„Geschenke, Geschenke – für uns, wie ich denke!“, johlte ein anderer.

Nun sah ich die kleinen Diebe, die in ihren Schnallenschuhen und grünen Kniebundhosen um uns herumhopsten. Sie zeigten uns lange Nasen und streckten ihre winzigen Zungen heraus, doch ich machte mir gar nicht erst die Mühe, mit ihnen zu schimpfen. Das war bei Kobolden ungefähr so sinnvoll, wie einem Schwarm Stechmücken einen Vortrag zu halten.

„Sicher geben sie uns die Rollen bald zurück“, sagte ich stattdessen laut. „Und während wir darauf warten, essen wir ein paar von den köstlichen Bonbons, die wir mitgebracht haben …“

Es wirkte sofort. *Wenn* jemand Kathleens selbst gemachte Süßigkeiten noch mehr liebte als ich, dann wohl diese kleinen Plagegeister. Im Nu hatten sie die Pergamentrollen fallen gelassen und huschten – immer noch kichernd – zu ihren Häusern zurück.

„Gut gemacht“, sagte Noah und schnappte sich eines der Pergamente. „Ich glaube, das hier war meins.“

„Dann müsste das für mich gewesen sein.“ Ich hob die beiden anderen Weissagungen auf, behielt eine davon in der Hand und überreichte meiner Großmutter die zweite. Ohne zu zögern, öffnete Nana ihre Rolle.

„Bist fest verknüpft mit diesem Ort. Musst, wenn du schlau bist, nie mehr fort“, las sie vor und schmunzelte. „Dann finde ich wohl bald jemanden, der für mich die Einkäufe auf dem Festland erledigt. Ist mir sehr recht!“

Als Nächstes entrollte Noah sein Pergament und deklamierte wie ein mittelalterlicher Bote: *„Gekommen bist du übers Meer. Du Rarität passt gut hierher.“*

Kopfschüttelnd ließ er das Blatt sinken. „Das hab ich mir irgendwie spannender vorgestellt. Und was meint sie bitte schön mit ‚du Rarität‘?“

„Wahrscheinlich dasselbe wie mit ‚hübscher Knabe'", zog ich ihn auf.

Noah schnitt eine Grimasse. „Jetzt sag dem hübschen Knaben, welchen Spruch du bekommen hast!"

Ich öffnete meine Rolle und holte tief Luft, klappte den Mund aber gleich wieder zu. In golden glänzenden Buchstaben stand da nämlich:

Lass Vernunft, nicht Liebe sprechen.

Auch starke Herzen können brechen.

„Meines ist privat und, äh, ziemlich dumm", stotterte ich, während mir Hitze in die Wangen kroch. Diese verflixte Fee! Hätte ich vielleicht nicht so traurig klingen sollen, als ich erzählt hatte, dass Noah bald abreisen musste?

Natürlich wollte Noah jetzt erst recht wissen, was Florabella mir vorhergesagt hatte. Er versuchte, auf das Pergament zu spähen, doch zu meiner Erleichterung drangen in diesem Moment schrille Stimmen aus der Meerjungfrauen-Abteilung.

„Mein Ausschlag ist viel röter als deiner!"

„Dein Ausschlag ist ein lahmer WITZ!"

Nana krempelte die Ärmel ihres Pullovers hoch. „Höchste Zeit, an die Arbeit zu gehen", verkündete sie und scheuchte uns vor sich her.

Während sie mit Noahs Hilfe begann, Heilbäder für die Zwillinge einzulassen, stopfte ich das Pergament schnell in meine Hosentasche. So kam es, dass weder Noah noch meine Großmutter von dem Inhalt erfuhren.

Auch ich dachte in den nächsten Stunden nicht mehr daran – aber das sollte ich schon sehr bald bereuen.

3. KAPITEL

Notfall am Strand

In der folgenden Nacht wurde ich vom Schrillen des Telefons geweckt. Sofort setzte ich mich kerzengerade auf und lauschte in die Dunkelheit.

Anrufe bedeuteten bei uns selten etwas Gutes. Patch Island war so klein, dass die Bewohner lieber zu Besuch kamen, wenn sie ein bisschen plaudern wollten. Klingelte das Telefon, gab es meistens ein Tier, das von Nana gerettet werden musste. Und wenn jemand mitten in der Nacht anrief, war die Lage besonders ernst.

Nanas Stimme drang aus dem Erdgeschoss herauf, gefolgt vom Klappern der Schranktür, als sie ihre Notfall-Arzttasche hervorholte. Ich knipste das Licht an, stürmte aus meinem Zimmer und wäre beinahe gegen Noah geprallt. Er schlief auf einer Matratze in unserer Wäschekammer, und auf nächtliche Anrufe reagierte er schon genau wie ich.

„Alarmstufe rot?", flüsterte er.

„Schätze schon." Mit wild pochendem Herzen eilte ich den Flur entlang, Noah dicht an den Fersen. Als Nana uns auf der Treppe entgegenkam, wusste ich, dass wir mit unserer Befürchtung recht hatten. Manchmal versuchte meine Großmutter, sich nachts davonzuschleichen und Noah und mich schlafen zu lassen – doch nun brauchte sie offenbar unsere Hilfe.

„Zieht euch warm an", befahl sie knapp. „Wasserdicht. Ruby, mach die Stubentür zu."

„Aber Schmuggel liegt doch noch vor dem Kamin!", protestierte ich.

„Ja, und da soll er auch bleiben. Ich weiß nicht, wie er auf sie reagieren würde."

„Sie?"

Nana antwortete nicht. Sie war bereits dabei, in wetterfeste Kleidung zu schlüpfen, obwohl es gar nicht regnete. Dann rannte sie noch einmal nach oben und kehrte mit drei Taschenlampen, einem Stapel Bettlaken und Putzeimern zurück.

„Nur für den Fall“, murmelte sie vor sich hin, während sie Noah und mir einen Teil der Sachen auflud.

„Für welchen Fall?“, wollte Noah wissen.

Nana hängte die Arzttasche über ihre Schulter und öffnete die Haustür. „Für den Fall, dass Tratschtanten-Tilda sich nicht geirrt hat. Wer weiß, was die sich einbildet, während sie mit ihrem Mops im Finstern spazieren geht!“

Kaum hatte sie den Satz zu Ende gesprochen, rannte sie auch schon los. Noah und mir blieb gar keine andere Wahl, als hinterherzulaufen. Nana schlug den Weg zum Hafen ein, wo Cormacks Kutter im Wasser schaukelte. Von dort führte sie uns weiter in Richtung Südstrand. Der Lichtkegel ihrer Taschenlampe huschte so schnell voraus, dass er mich an ein zu groß geratenes Glühwürmchen erinnerte. Als wir um die letzte Kurve stürmten, stieg eine schlimme Ahnung in mir hoch. Dann hatten wir den Strand erreicht, und mein Magen krampfte sich zusammen.

Im Mondlicht hätte man die länglichen Hügel für Felsen halten können, oder vielleicht für umgedrehte Fischerboote. Ich wusste aber sofort, worum es sich handelte. Entsetzt schnappte ich nach Luft, während Noah die Tiere noch einen Moment lang ungläubig anstarrte. Dann hauchte er: „Ich werd verrückt. Sind das Wale?“

„Ja, Grindwale“, antwortete Nana, und ihre Stimme klang gepresst. „Sicher zwanzig Stück, eine ganze Schule.“ Normalerweise ließ meine Großmutter sich nur schwer aus der Ruhe bringen, aber so etwas hatte sie wohl selbst noch nicht erlebt. Wenn uns auf der Fahrt zum Festland Wale begegneten, schwammen die Tiere meist neugierig neben dem Kutter her und schlugen ausgelassen mit ihren Schwanzflossen. Sie jetzt hilflos am Strand liegen zu sehen, war kaum zu ertragen.

„Aber … wie konnten sie sich denn an Land verirren?“, fragte Noah rau.

Nana zog die Schultern hoch und ließ sie mit einem tiefen Seufzer wieder fallen. „Vielleicht gab es ein Erdbeben am Meeresgrund, oder ein Militärschiff hat Signale ausgesendet, mit denen man U-Boote aufspüren kann. Delfine und Wale bekommen von diesem Lärm richtige Schmerzen, sie geraten in Panik und wissen gar nicht mehr, wo sie hinschwimmen …“

Bestimmt redete sie noch weiter, aber ihre Worte drangen nicht mehr zu mir durch. Wie von selbst setzten sich meine Beine in Bewegung und trugen mich über den Strand. Der erste Grindwal, den ich erreichte, war ungefähr fünf Meter lang und glänzte im Schein meiner Taschenlampe beinahe schwarz. Langsam ging ich um ihn herum, dann fiel mein Blick auf ein zweites, deutlich kleineres Tier, das nur zwei Schritte entfernt lag. Eine Mutter mit ihrem Jungen! Beide rührten sich nicht, als ich mich zu ihnen in den Sand kniete und die Hand nach dem Kleinen ausstreckte. Seine Haut erinnerte mich ein wenig an Gummi, sie war fest und nachgiebig zugleich. Vorsichtig strich ich von der Rückenflosse bis zur gewölbten Stirn des kleinen Wals – da öffnete er plötzlich die Augen und schaute mich direkt an.

Sofort wurde ich von einer Mischung aus Angst und Hilflosigkeit überrollt. Es war, als griffe die Panik des Wals direkt auf mich über. Mein Herz raste, und meine Kehle wurde so eng, dass ich fast keine Luft mehr bekam.

„Ruby?" Noah packte mich an den Handgelenken und zog mich mit einem Ruck auf die Füße. „Alles okay mit dir?"

Prüfend schaute er mich an, und ich bemühte mich,

den Kloß in meiner Kehle runterzuschlucken. Immerhin wollte ich Tierärztin werden, da war es wichtig, in solchen Situationen die Nerven zu behalten. Also nickte ich stumm, ehe ich meinen Blick erneut auf das Walbaby richtete. Es hatte die Augen nun wieder geschlossen.

„Wir müssen etwas tun", sagte ich und versuchte, es möglichst fest klingen zu lassen. „Nana, Noah, los, wir müssen sie irgendwie zurück ins Wasser bringen!"

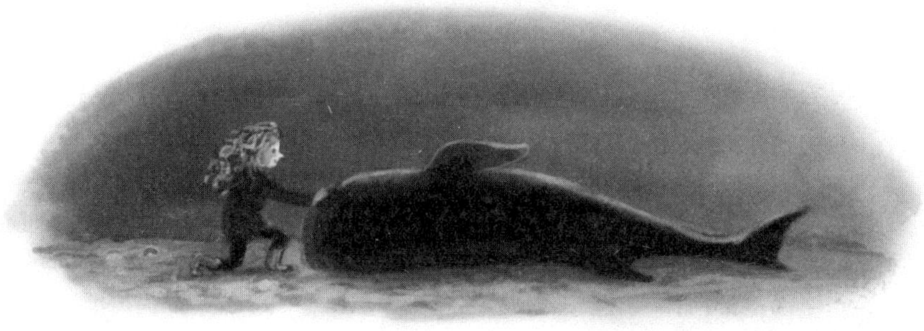

Nana, die inzwischen einen Wal in der Nähe untersucht hatte, richtete sich mit ernster Miene auf. „Ich fürchte, wir können nur warten, dass die Flut einsetzt. Bei Hochwasser schaffen es die Tiere vielleicht aufs offene Meer."

„Aber bis dahin dauert es noch stundenlang!", protestierte ich. „Können wir nicht versuchen, sie vom Strand zu schieben?"

„Dabei würden wir sie nur verletzen. Aber sie brauchen Wasser. Wir legen nasse Laken über sie, damit sie nicht so schnell austrocknen!“ Energisch packte meine Großmutter einen der Eimer und watete ein paar Schritte ins Meer. Noah folgte ihr, und nach kurzem Zögern schloss ich mich den beiden an. Normalerweise fürchtete ich mich vor dem Ozean – vielleicht, weil sich ein Teil von mir noch erinnern konnte, wie ich als Baby am Nordstrand ausgesetzt worden war.

Jetzt aber musste ich mich zusammenreißen.

Gemeinsam deckten Nana, Noah und ich die Wale mit nassen Bettlaken zu und übergossen sie zusätzlich mit Wasser. Als wir gerade unseren Vorrat an Laken aufgebraucht hatten, ertönten Stimmen. Eine Gruppe Inselbewohner drängte auf den Strand, beladen mit Decken, Eimern und Taschenlampen. Vorneweg lief Tratschtanten-Tilda, die mehrere Strickjacken übereinander trug.

„Ich habe alle zusammengetrommelt, die ich erreichen konnte“, verkündete sie stolz. „Nur meinen Mr Murphy musste ich zu Hause lassen. Der war ganz außer sich, als wir diese armen Kreaturen entdeckt haben!“

Am liebsten hätte ich die geschwätzige Bibliothekarin umarmt. Tilda ging mir mit ihrem Getratsche zwar oft auf die Nerven, aber niemandem sonst wäre es gelungen, um diese Uhrzeit so viele Leute aus den Betten zu holen.

Die Helfer bildeten einen Kreis, und Nana erklärte, was zu tun war. „Achtet vor allem auf die Blaslöcher“, schärfte sie den anderen ein. „Wenn ihr eure Eimer darüber ausleert, ist das so, als würdet ihr einem Menschen Wasser in die Nase schütten!“

Ohne zu zögern, machten sich alle an die Arbeit. Sicher gaben wir ein ziemlich komisches Bild ab: Die meisten hatten noch ihre Schlafklamotten an, Brenda Graham trug zum Beispiel ihre Jacke über einem rosa Pyjama mit Rüschen, und der alte Fergus schöpfte Wasser mit einem Gefäß, das verdächtig an einen Nachttopf erinnerte. Trotzdem hatte ich die Bewohner von Patch Island selten so gerngehabt wie in diesem Augenblick. Wir schufteten ohne Pause, mit klammen Fingern und windzerzaustem Haar. Vor allem Nana war unermüdlich. Wenn sie nicht gerade Wasser schleppte, untersuchte sie die Wale und behandelte Schürfwunden, die sich die Tiere am felsigen Ufer zugezogen hatten. Zwischendurch rannte sie nach Hause und kam mit noch mehr Tüchern und Thermoskannen voll heißem Tee für die Helfer zurück.

„Setz dich doch mal kurz hin“, hörte ich Kathleen sagen, als ich auf dem Weg zum Meer an den beiden vorbeikam.

Nana schüttelte entschlossen den Kopf. „Nicht, bevor die Wale heil im Wasser sind!“

„Deine Tierliebe in Ehren …“, fing Kathleen an, doch Nana war schon wieder unterwegs. Wie sie in ihren Gummistiefeln über den Strand flitzte, ein Tuch um den Kopf geknotet, sah sie fast so aus wie ein junges Mädchen. In diesem Moment spürte ich, wie stolz ich auf meine Großmutter war. Sie schaffte es, uns alle mit ihrer unglaublichen Energie anzustecken.

4. KAPITEL

In Lebensgefahr

Als die Schwärze der Nacht einem fahlen Grau gewichen war, kam endlich die Flut. Das Meer kroch auf uns zu, stieg höher und höher, erreichte die ersten Wale. Aufgeregt bewegten die Tiere ihre Flossen, so als spürten sie, dass die Rettung ganz nahe war.

Kathleen und ihrem Mann Cormack gelang es schon bald, einen Wal ins tiefere Wasser zu schieben. Als Nächstes begleitete Noah zusammen mit Bauer Orin und dessen Neffen Liam ein besonders großes Tier vom Strand.

Sogar die beiden Streithähne Brenda und Fergus arbeiteten einträchtig zusammen, genau wie alle anderen. Nur ich stand einige Meter abseits, hin- und hergerissen zwischen Freude und Angst. Obwohl ich die Flut herbeigesehnt hatte, musste ich jetzt gegen den Drang ankämpfen, vor ihr davonzulaufen. Ich hatte das Gefühl, als griffe das Meer mit eisigen Fingern nach mir. Auf wackligen Beinen stapfte ich zu dem kleinen Wal und seiner Mutter hinüber, während das Wasser meine Stiefel umspülte.

„Pass auf", flüsterte ich und legte dem Walbaby eine Hand an die Stirn. „Ich mache dir einen Vorschlag, ja? Du schwimmst jetzt mit deiner Mam ins Meer, und ich kehre ans trockene Ufer zurück. Dann sind wir beide dort, wo wir hingehören. Abgemacht?"

Doch der Wal schlug nur zweimal hilflos mit der Schwanzflosse, ehe er wieder still dalag. Das Wasser war noch nicht tief genug für seine Mutter, und ohne sie wagte der Kleine es nicht, loszuschwimmen.

Ich hatte diesen Gedanken kaum beendet, als ein Stöhnen und mehrere Flüche zu hören waren. Erschrocken hob ich den Kopf und sah, dass einige der geretteten Tiere die Richtung gewechselt hatten. Sie wollten tatsächlich wieder an Land!

„Aus!“, kreischte Tratschtanten-Tilly. „Bleibt weg! Was, um Himmels willen, treibt ihr da?“

„Sie möchten niemanden zurücklassen.“ Nana war an meine Seite getreten, und mir fiel auf, dass sie ungewöhnlich blass aussah. „Grindwale sind sehr soziale Wesen. Sie werden sich immer wieder selbst in Gefahr bringen, solange diese beiden nicht bei ihnen sind.“ Traurig deutete sie auf die Mutter und ihr Junges.

„Was können wir denn tun?“, drängte ich. Inzwischen waren manche Wale wieder gefährlich nahe gekommen. Jeden Moment würden sie abermals stranden!

Nana gab keine Antwort, und ich begriff, dass sie ausnahmsweise einmal ratlos war. Verzweifelt schaute ich mich um, dann packte ich meinen Eimer. Mit aller Kraft bohrte ich ihn in den nassen Sand, hob eine Ladung hoch und warf sie beiseite. Das Loch, das im Boden zurückblieb, füllte sich sofort mit Wasser. So schnell ich konnte, grub ich weiter, und Nana durchschaute meinen Plan. Eilig hockte sie sich neben mich, um mit mir gemeinsam die Rinne zu vergrößern. Auch Noah, Kathleen und Cormack kamen dazu. Bald schmerzten meine Arme von der Anstrengung, mein Atem ging in schweren Stößen – doch das alles war vergessen, als die Walmutter sich endlich zu regen begann. Ein breiter Graben führte nun hinunter ins tiefere Wasser. Noah, Kathleen und Cormack zählten bis drei, dann stemmten sie sich gegen das riesige Tier.

Mein Herz hüpfte, als die Walmutter in den Graben glitt. Nur wenige Augenblicke später fing sie an zu schwimmen, und das Baby folgte ihr. Eben hatten die beiden noch dagelegen wie tot, jetzt schien es ihnen gar nicht schnell genug gehen zu können. Wie zwei schwarze Schatten schwammen sie aufs offene Meer und wurden dort von ihrer Schule empfangen.

„JUHUUUU!", schallte es quer über den Strand. Wir fuhren herum und sahen den alten Fergus, der seinen Nachttopf über dem Kopf schwenkte. „Was glotzt ihr denn so?", krächzte er. „Leute, wir haben uns stundenlang den Arsch abgerackert! Jetzt freut euch gefälligst, verdammt noch mal!"

Und genau das taten wir. Von einem Moment auf den anderen verwandelten sich die Helfer in ein wildes Durcheinander aus hopsenden Beinen, wedelnden Armen und strahlenden Gesichtern. Unser Jubel sorgte wahrscheinlich dafür, dass die Wale noch schneller davonschwammen. Dann stand plötzlich Noah vor mir, von einem Ohr zum anderen grinsend. „Hey“, sagte er und reckte eine Hand hoch. „Schlag ein!“

Ich holte weit aus und ließ meine Hand fest gegen Noahs klatschen, sodass wir fast ins seichte Wasser fielen. Prustend kämpften wir um unser Gleichgewicht, ohne genau zu wissen, worüber wir eigentlich lachten. Es war, als blubberte dabei die ganze Anspannung der letzten Stunden aus uns heraus.

„Wo ist eigentlich deine Grandma?“, fragte Noah, als wir uns halbwegs eingekriegt hatten.

„Ich glaube, die wollte schnell was von zu Hause holen“, sagte ich, während ich mich an Nanas Worte zu erinnern versuchte.

„Lass mich raten“, stöhnte Noah. „Tee?“

Mit gespieltem Entsetzen schnappte ich nach Luft. „Sag bloß, du hast was gegen Tee?! Das wäre hier in Irland ein echtes Verbrechen!“

„Quatsch, ich liebe Tee! Es gibt nichts Besseres, wenn man gerade fünfzig Tonnen Wal ins Meer zurückgeschubst hat“, behauptete Noah augenzwinkernd.

„Wäre doch ein super Werbespruch für Nanas Spezialmischung“, meinte ich. „Schubst du ’nen Wal ins Wasser rein …“

„… dann schmeckt der Tee gleich doppelt fein“, ergänzte Noah, und wieder prusteten wir los. Nach all der Sorge tat das so gut! Auch die anderen Inselbewohner lachten und tanzten unter dem blassgrauen Himmel. Den tollsten Anblick bot allerdings Fergus, der wie ein Ziegenbock durchs Wasser hüpfte. Er kehrte erst zu seiner typisch mürrischen Art zurück, als Mr O’Leary ihm die geballte Faust wie ein Mikrofon unter die Nase hielt.

„Ich sammle Kommentare für einen Artikel“, verkündete mein ehemaliger Grundschullehrer, der seit zwei Jahren für die Inselzeitung *Patch Paper* zuständig war. „Den will ich dann auch ein paar großen Zeitungen anbieten. Manchmal drucken die nämlich Texte von Gast-Reportern ab, und ich fresse einen Besen, wenn meine Wal-Story nicht genommen wird!"

„Friss gefälligst woanders", knurrte Fergus.

„Na, komm schon. Gib mir ein klitzekleines Kommentärchen, ja? Was ist dir zum Beispiel durch den Kopf gegangen, als wir gemeinsam um das Leben dieser Wale gekämpft haben?"

„Ich habe gedacht: Wie schön, dass Rupert O'Leary mal was Nützliches tut, anstatt allen mit seinem Geschreibsel auf den Keks zu gehen."

Mr O'Leary schaffte es, sein strahlendes Lächeln beizubehalten. „Und was denkst du jetzt?", fragte er weiter und schoss ein Foto.

„Wie schade, dass Rupert O'Learys neue Kamera nass werden musste."

„Aber sie ist doch gar nicht …", setzte Mr O'Leary an, ehe der alte Fergus die dürren Arme nach ihm ausstreckte. Nur mit einem Sprung zur Seite gelang es dem Chef der Inselzeitung, sich und seine Kamera in Sicherheit zu bringen.

„Hierher", rief ich fröhlich. „Interviewen Sie doch Noah, der hat bestimmt einen ganz wundervollen Kommentar auf Lager!"

„Das wirst du büßen“, flüsterte Noah, aber er wandte sich mit höflicher Miene an Mr O’Leary. Ich machte mich schon einmal auf, um zu sehen, wo Nana so lange blieb. Vielleicht brauchte sie ja Hilfe beim Tragen.

Auf dem Heimweg merkte ich, wie erschöpft ich war. Meine Arme fühlten sich an wie aus Blei, und meine Augen brannten vor Müdigkeit. Trotzdem rannte ich bis nach Hause, während mein Herz im Takt meiner Schritte zu hopsen schien.

„Nana?“, rief ich, als ich in den Flur polterte. Schmuggel kam mir winselnd entgegen, und ich kraulte ihm kurz das Fell. Vermutlich schmollte er, weil wir ihn nicht mitgenommen hatten. „Nachher spendiere ich dir ein Schweineohr“, versprach ich, dann hatte ich die Tür zur Stube erreicht.

Nana war in der Küche – sie stand mit dem Rücken zu mir am Herd. Obwohl der Teekessel ein durchdringendes Pfeifen von sich gab, machte sie keine Anstalten, ihn von der Platte zu nehmen.

„Wo bleibst du denn so lange?“, fragte ich. „Am Strand beginnt gerade eine richtige Wal-Rettungsparty. Die willst du doch sicher nicht verpassen …“

Meine Stimme wurde immer leiser, während sich ein

flaues Gefühl in mir breitmachte. Etwas stimmte nicht, das spürte ich genau. Immer noch stand Nana wie festgefroren da, nur ihre Schultern hoben und senkten sich mit ihren schweren Atemzügen. Hatte ich sie vielleicht irgendwie verärgert?

Ich öffnete den Mund, um noch etwas zu sagen, da wandte Nana sich zu mir. Sie hatte beide Hände auf ihre Brust gedrückt.

„Ruby", sagte sie tonlos, „Süße … ich glaube, ich muss ins Krankenhaus."

5. KAPITEL

Ein feierlicher Schwur

In den folgenden Stunden sagten eine Menge Leute, dass es „sicher nichts Schlimmes" wäre.

Kathleen und Cormack sagten das, als ich weinend an den Strand gelaufen kam und um Hilfe rief.

Wenig später sagte es Doktor Thompson, der zusammen mit seiner Frau, zwölf Schafen und unzähligen Kaninchen auf der Ostseite von Patch Island wohnte. Die Walrettung hatte er verschlafen, doch Mr O'Leary holte ihn mit dem Fahrrad ab, damit er Nana untersuchen konnte.

„Nur eine Vorsichtsmaßnahme, Kindchen“, brummte der Arzt, nachdem er einen Rettungshubschrauber angefordert hatte.

Zuletzt versuchten mich auch die beiden Sanitäter zu beruhigen, die mit dem Helikopter auf Bauer Orins größter Weide gelandet waren.

„Wir können dich leider nicht mitnehmen“, erklärte der eine, „aber du musst dir keine Sorgen machen. Vor ein paar Tagen haben wir jemanden zum Krankenhaus geflogen, der nur einen verdorbenen Magen hatte. Stimmt's, Larry?“

„Stimmt“, sagte Larry. „Es ist sicher nichts Schlimmes.“

Jedes Mal, wenn ich das hörte, konnte ich es weniger glauben. Es passte einfach nicht zu Nanas blassem Gesicht und ihrem schmerzverzerrten Mund.

Nachdem Noah und ich eine gefühlte Ewigkeit zu Hause gewartet hatten, kam endlich ein Anruf.

„Es ist ihr Herz“, tönte die forsche Stimme eines Arztes aus dem Telefonhörer. „Eigentlich hätten wir da schon längst etwas machen sollen. Genau das habe ich Mrs Collins auch gesagt, als sie zur letzten Untersuchung bei uns war.“

Meine Beine zitterten so heftig, dass ich kaum noch stehen konnte. „Davon wusste ich nichts“, brachte ich mühsam hervor. „Sie hat danach so fröhlich gewirkt, dass ich dachte, es wäre alles in Ordnung mit ihr!“

„Das war es leider ganz und gar nicht. Mrs Collins ist nach dieser Untersuchung gegen meinen dringenden Rat heimgefahren“, sagte der Arzt. „Die Operation heute war vermutlich Rettung in letzter Sekunde.“

Jetzt knickten meine Beine unter mir weg, und ich rutschte an der Wand entlang zu Boden.

In meiner Erinnerung sah ich verschnörkelte, goldglänzende Buchstaben auf einem kleinen Blatt Pergament:

Lass Vernunft, nicht Liebe sprechen.

Auch starke Herzen können brechen.

„Meine Großmutter wäre fast gestorben?“, flüsterte ich.

„Keine Angst, der Eingriff ist gut verlaufen“, meinte der Arzt. „Mrs Collins wird sich höchstwahrscheinlich bald davon erholen. Allerdings empfehle ich, dass sie gleich nach ihrer Entlassung aus dem Krankenhaus eine Reha-Klinik besucht und dort für zwei bis vier Wochen bleibt, um ganz gesund zu werden. Gibt es jemanden, der sich so lange um dich kümmert?“

„Ja, die ganze Insel“, antwortete ich heiser, und der Arzt

schien damit zufrieden zu sein. Mechanisch ratterte er noch ein paar Erklärungen zur Operation herunter, von denen ich nicht einmal die Hälfte verstand. Das Einzige, was mir im Gedächtnis blieb, war sein letzter Satz. „Deine Großmutter wird dich anrufen, sobald sie aufgewacht ist", versprach er, dann legte er auf. Ich blieb wie ein Häufchen Elend neben dem Telefon sitzen, bis Kathleen kam und mich mit sanfter Gewalt ins Bett brachte.

„Du schläfst dich jetzt erst mal richtig aus", befahl sie und stopfte die Decke um mich herum fest, als wäre ich ein kleines Kind. „Weißt du, dass es schon Mittag ist? Du musst doch todmüde sein."

Damit hatte sie völlig recht, doch in meinem Kopf drehten sich die Fragen wie verrückt im Kreis. Fieberhaft überlegte ich, ob alles anders gekommen wäre, wenn ich die Weissagung der Fee nicht verheimlicht hätte. Vielleicht hätte Nana ja begriffen, dass sich hinter diesem Spruch eine Warnung an sie verbarg! Wäre sie dann bei der Walrettung vorsichtiger gewesen? Oder hätte *ich* besser auf meine Großmutter aufpassen müssen, statt nur an die Tiere zu denken?

Irgendwann war ich wohl doch eingeschlafen, denn als ich die Augen wieder öffnete, blickte ich geradewegs in

ein Gesicht. Ein graues, haariges Gesicht, das einen so besorgten Eindruck machte, als würde es sagen: ‚He, Rotzgöre, lebst du noch?!'

Ohne zu überlegen, schlang ich die Arme um Schmuggels Hals und kuschelte mich in sein graues Fell. Er war absolut kein verschmuster Hund, ließ meine Umarmung aber tapfer über sich ergehen. Als ich mich wieder von ihm löste, klopfte er sogar zweimal mit dem Schwanz auf meine bunt karierte Decke. Dann sprang er aus dem Bett, und ich bemerkte, dass es draußen hell war. Das bedeutete, dass ich entweder recht kurz oder sehr, sehr lange geschlafen hatte. Auf schweren Beinen tappte ich ins Badezimmer – und erschrak vor meinem eigenen Spiegelbild.

Ich war so bleich, dass meine Sommersprossen sich wie Tintenflecken von meiner Haut abhoben. Mit roboterhaften Bewegungen putzte ich mir die Zähne. Im Haus war es still. Kein vertrautes Tappen von Nanas Füßen, kein Scheppern und Pfeifen aus der Küche. Bei dem Gedanken, dass meine Großmutter meilenweit entfernt in einem Krankenhausbett lag, krampfte sich mein Magen zusammen.

Schmuggel hatte vor der Badezimmertür gewartet und begleitete mich die Treppe hinunter. Wahrscheinlich fand er, dass ich wie ein Zombie aussah, und wollte mich vorsichtshalber im Auge behalten. Als wir im Erdgeschoss angelangt waren, kam gerade Noah von draußen herein. Auch er wirkte ganz schön mitgenommen: Um seine Augen lagen Schatten, und er hatte seinen schwarzen Lieblingspullover verkehrt herum angezogen. „Hat Schmuggel dich geweckt?“, fragte er. „Ich war nur kurz bei den Pflegetieren und dachte, ich hätte die Stubentür zugemacht.“

„Schon okay“, entgegnete ich schnell, während sich tief in meinem Inneren ein schlechtes Gewissen regte. Erst jetzt wurde mir bewusst, wie wenig ich in den vergangenen Stunden auf Noah geachtet hatte. Dabei musste der Anblick des Rettungshubschraubers und der Sanitäter schlimme Erinnerungen in ihm wachgerufen haben. Seine Mam war ja bei einem Autounfall ums Leben gekommen.

„Hast du denn gar nicht geschlafen?“, fügte ich ein bisschen verlegen hinzu.

„Doch, aber ich bin aufgewacht, als die vielen Leute hier reingeschneit sind. Schau mal.“ Noah ging vor mir in die Wohnstube und zeigte auf den Tisch, der über und über mit Essen beladen war. Erschrocken starrte ich einen Teller sonnengelber Kuchenstücke an, während ich begriff, dass ich den halben Dienstag und die ganze Nacht geschlafen hatte. Zitronenkuchen backte Kathleen nämlich nur mittwochs.

„Wir waren gestern Abend gar nicht mehr auf der magischen Pflegestation!“, rief ich. „Bestimmt sind die Fabelwesen schon furchtbar hungrig, die Kobolde ärgern die Meerjungfrauen und –“

„Keine Sorge“, fiel Noah mir ins Wort. „Darum habe ich mich gekümmert, sobald Kathleen nach Hause gegangen ist. Eigentlich wollte sie hier übernachten, aber ich habe ihr gesagt, dass wir keinen Babysitter brauchen. Und die Kobolde haben fest versprochen, brav zu sein, als sie das von deiner Großmutter gehört haben.“

„Oh, gut. Danke, dass du das alles erledigt hast.“ Trotz meiner Sorge um Nana stieg ein warmes Gefühl in mir hoch, und ich lächelte zaghaft, während ich mich auf einen Stuhl sinken ließ. Dann betrachtete ich wieder den voll beladenen Tisch. Offensichtlich stimmte es, was ich dem Arzt gesagt hatte: Ganz Patch Island schien sich um Noah und mich kümmern zu wollen. Rund um den Zitronenkuchen standen Suppentöpfe, Schalen voll Kompott,

Gebäck und irgendetwas Abgedecktes, das vielleicht ein Auflauf oder Hackbraten war und garantiert von Brenda Graham stammte. Dazwischen ragte ein leicht angestaubter Pappkarton hervor.

„Schokopops?“, murmelte ich verwirrt.

„Vom alten Fergus. Der wollte anscheinend auch irgendwas bringen und hat's nicht so mit Kochen und Backen.“ Noah zog einen Mundwinkel hoch, aber es wurde kein richtiges Grinsen daraus. „Wusste gar nicht, dass hier alle so fürsorglich sind.“

Ich öffnete die Packung und schob mir ein paar Schokopops in den Mund. Obwohl ich komplett ausgehungert war und so viele Leckereien vor mir standen, hatte ich das Gefühl, nichts anderes herunterzubekommen.

„Ja, fürsorglich sind sie schon“, stimmte ich zu. „Aber die meisten wollten sicher auch herausfinden, ob es Neuigkeiten von Nana gibt und ob sie bald wieder nach Hause kommt.“

Noah setzte sich mir gegenüber an den Tisch. „Die Leute haben sie echt gern, hm?“

Wortlos nickte ich und hatte plötzlich wieder einen solchen Kloß im Hals, dass ich nichts mehr essen konnte. Nana war nicht nur sehr beliebt, sie wurde auch dringend gebraucht. Fast alle Bewohner von Patch Island hatten mindestens ein Haustier, manche hielten sich sogar ganze Herden. Wer sollte sich im Notfall bloß um die kümmern, wenn Nana wochenlang in einer Reha-Klinik blieb? Von den Fabelwesen ganz zu schweigen …

Als das Telefon schrillte, zuckte ich zusammen. Ein Teil der Schokopops ergoss sich über den Esstisch. Ich sprang auf, lief zum Telefon und riss den Hörer ans Ohr.

„Nana? Bist du das? Kannst du sprechen?", fragte ich atemlos.

„Seit meinem zweiten Lebensjahr." Ein kurzes Lachen drang an mein Ohr, und ich stellte ungläubig fest, dass Nana *fröhlich* klang. Jedenfalls tat sie so, als wäre wirklich überhaupt nichts Schlimmes passiert. „Gut, dass du da bist", redete sie weiter, „hier ist es nämlich entsetzlich langweilig."

„Aber – aber wie geht es dir denn?", stammelte ich.

„Ach, du weißt doch, mich haut so schnell nichts um. Das Einzige, was mich nervt, ist der kaputte Fernseher. Also, eigentlich ist er nicht richtig kaputt, aber er lässt sich nicht umschalten. Deswegen läuft hier die ganze Zeit eine Dauerwerbesendung. Wenn die glauben, dass ich noch einen Tag länger im Bett bleibe und mir überteuerte Küchengeräte oder hässliche Porzellanpuppen anschaue, dann haben sie sich gründlich …"

„Das ist nicht witzig!", unterbrach ich sie heftig. Gleich darauf stiegen mir Tränen in die Augen, und ich musste schniefen. Na toll, da rief meine Großmutter aus dem

Krankenhaus an, und mir fiel nichts Besseres ein, als sie anzuschreien.

„Süße, weinst du etwa? Es ist doch alles gut!“, rief Nana bestürzt.

„Ist es eben nicht! Wieso hast du mir nicht erzählt, was bei deiner Untersuchung herausgekommen ist? Wie konntest du mich glauben lassen, es wäre alles okay?“

Nana stieß einen Seufzer aus. „Ich habe mich gar nicht krank gefühlt“, sagte sie, und nun war die Fröhlichkeit aus ihrer Stimme verschwunden. „Außerdem weißt du doch, was passiert ist, als ich das letzte Mal nur für zwei Tage weg war. Es geht einfach nicht, dass ich euch wochenlang allein lasse.“

„Und ob das geht!“, entgegnete ich. „Wir kommen schon zurecht, und wenn jemand unbedingt einen Tierarzt braucht, kann er sich ja von Cormack zum Festland fahren lassen!“

Doch während ich das sagte, ahnte ich bereits, dass es so nicht funktionieren würde. Seit Cormack kein Fischer mehr war, verdiente er sein Geld, indem er Touristen vom Festland abholte und ihnen Seehundbänke zeigte. Er war oft unterwegs und konnte es sich auch nicht leisten, Aufträge abzulehnen, um für den Transport kranker Tiere bereitzustehen. Nana wusste das natürlich, doch zu meiner Überraschung widersprach sie nicht. Vermutlich spürte sie, wie notwendig ihr Aufenthalt im Krankenhaus war.

„Also schön“, sagte sie nach einer kurzen Pause. „Dann versuche ich eben, es noch eine Weile hier auszuhalten. Wundere dich nicht, wenn ich wegen der vielen Werbung eine automatische Saftpresse bestelle, oder eine blond gelockte Prinzessin aus Porzellan.“

Jetzt musste ich doch lachen.

„So ist's recht.“ Nana lachte auch wieder, doch es klang anders als zu Beginn des Telefonats: ernster, ein bisschen heiser und vor allem sehr, sehr müde. Ich versprach, sie bald wieder anzurufen, dann legte ich schweren Herzens auf.

Noah hatte inzwischen eine Packung Kakao aus dem Schrank geholt und goss Milch in einen Topf, während er mich über die Schulter hinweg anschaute. „Nicht gut?“, fragte er betreten.

Ich schluckte und wischte mir die Tränen von den Wangen. „Noah“, sagte ich, „wir müssen etwas schwören.“

„Meinetwegen.“ Noah kam ein paar Schritte auf mich zu und reckte eine Hand in die Luft. Erst danach fragte er: „Worum geht's überhaupt?“

„Wir schwören, dass wir Nana in nächster Zeit auf keinen Fall mit unseren Problemen belästigen oder ihr sonst irgendwie Grund zur Sorge geben. Sie soll so lange wie nötig im Krankenhaus bleiben und danach eine Kur machen, um richtig gesund zu werden. Egal, was auch passiert, wir kriegen das schon alleine hin!"

„Wir kriegen das hin", wiederholte Noah. Dann legte er seine Hand gegen meine – ein bisschen wie ein High-Five in Zeitlupe – und drückte meine Finger.

6. KAPITEL

Brendas Plan

Am nächsten Tag platzte Kathleens *Kleine Bäckerei* beinahe aus allen Nähten. Es schien, als hätten alle Inselbewohner gleichzeitig Appetit auf ein Stück Früchtebrot, und zwar genau zu dem Zeitpunkt, als Noah und ich dort auftauchten.

Eigentlich hatten wir mehr als genug Essen geschenkt bekommen, aber ich wusste, dass unsere Freunde und Nachbarn vor Neugier bald explodieren würden. Deshalb stand ich jetzt mit Noah am

Tresen, während sich hinter uns eine tuschelnde Schlange bildete.

Ganz wie erwartet, hielt Tratschtanten-Tilda die Spannung als Erste nicht mehr aus. „Und?“, rief sie quer durch die Bäckerei. „Wann kommt unsere liebe Cleo wieder zurück?“

Kathleen, die gerade zwei Portionen Früchtebrot vor uns abgestellt hatte, nickte mir aufmunternd zu. Als Nanas beste Freundin wusste sie schon seit gestern Bescheid, und sie war ganz meiner Meinung, dass wir Probleme von Nana fernhalten mussten.

Ich räusperte mich, dann drehte ich mich zu den Leuten um. „Nana geht es gut, wenn man bedenkt, dass sie gerade am Herzen operiert wurde. Aber sie wird noch ein paar Wochen wegbleiben, um sich zu erholen.“

Einige Sekunden lang war es so still, dass ich Noah kauen hörte. Die Inselbewohner starrten mich entgeistert an, vor allem Tildas Augen wirkten hinter ihren Brillengläsern riesengroß.

„Das geht doch nicht!“, platzte sie hervor. „Was soll ich denn machen, wenn mein Liebling sich verletzt?“

„Meine Hühner legen viel zu wenige Eier“, rief Mr O’Leary, der sich vor lauter Aufregung nicht einmal

Notizen machte. „Das wollte ich eigentlich abklären lassen!“

„Und mein Schafbock treibt mich in den Wahnsinn“, meldete Bauer Orin. „Mit dem stimmt eindeutig was nicht.“

Der alte Fergus schlug sich mit seiner knochigen Hand gegen die Stirn. „Nicht zu fassen! Habt ihr eigentlich noch was anderes im Kopf als eure Viecher?“

„Du hast leicht reden“, sagte Tratschtanten-Tilda gekränkt. „Schließlich gehörst du zu den wenigen hier, die kein Haustier haben! Du weißt eben nicht, was echte Tierliebe bedeutet.“

Fergus schnaubte. „Jedenfalls bedeutet es nicht, einen Mops als Handtasche zu benutzen.“ Verächtlich beäugte er Mr Murphy, den Tilda wie üblich auf dem Arm trug.

„Hört auf zu zanken", rief Brenda, die Fäuste in ihre breiten Hüften gestemmt. „Es gibt für alles eine Lösung!"

Verblüfft schaute ich sie an. Damit, dass ausgerechnet Brenda Graham einen kühlen Kopf bewahren würde, hatte ich nicht gerechnet. Die Wirtin besaß zwar keine Katzen oder Hunde – jedes Tier, das in ihrem blitzsauberen Gasthaus Haare verlieren könnte, war ihr ein Graus –, doch sie hatte ein paar wunderschöne Kanarienvögel. Sobald einer von ihnen weniger (oder mehr) sang als sonst, oder wenn seine Stimme sich in ihren Ohren einfach nur „irgendwie anders" anhörte, fragte sie auf der Stelle Nana um Rat.

Brenda wartete, bis alle Augen auf sie gerichtet waren, dann verkündete sie: „Ich habe gestern das *Google* benutzt."

Neben mir gab Noah einen Laut von sich, der wie eine Mischung aus Husten und Auflachen klang. „Du hast was?", fragte er. Genau wie alle anderen wusste er bereits, dass Brenda ihren uralten Computer nur anfasste, wenn es sich gar nicht vermeiden ließ.

„Recherchiert habe ich, und zwar im Internet!“ Stolz reckte Brenda ihre Nase in die Luft. „Dabei habe ich herausgefunden, dass nahe der Küste eine Tierarztpraxis umgebaut wird – die *Silverapple Heimtierklinik*. Alle Patienten werden gebeten, bis zum Ende des Sommers auf einen anderen Tierarzt auszuweichen.“

„Pff“, machte Tilda. „Das ist ja für die Leute vom Festland nicht weiter schlimm. *Die* müssen schließlich nicht mit dem Kutter übers Meer fahren, um ihren Ersatz-Tierarzt zu erreichen!“

Brenda warf ihr einen strengen Blick zu. „Jetzt pass doch mal auf! Ich habe der Ärztin dieser Heimtierklinik einen Brief geschrieben – also, eine Dings, eine E-Mail – und sie gefragt, ob sie sich hier um unsere Tiere kümmern möchte, solange ihre Praxis renoviert wird. Und sie hat gesagt, dass sie sich das vorstellen kann!“

Mit einem breiten Lächeln schaute sie in die Runde, so als erwarte sie Applaus. Stattdessen wurde sie bloß von allen Seiten angegafft.

„Du meinst … diese Frau würde Nanas Praxis übernehmen?“, fragte ich nach einer Weile stockend.

„Natürlich nur, wenn Cleo einverstanden ist“, erklärte Brenda. „Die Dame heißt Mildred Silverton, und ihre

Nachricht war wirklich nett geschrieben. Außerdem gibt es auf ihrer Internetseite ein Foto, das ich sehr sympathisch fand."

Nun erhob sich aufgeregtes Gemurmel, und ich merkte, wie die Blicke der Anwesenden von Brenda zu mir wanderten. Aus einem Winkel der Bäckerei ertönte Pfar-

rer Morlands Stimme. „Zögere nicht, mein Kind", rief er weihevoll (und dachte dabei ganz bestimmt an seine zwei geliebten kratzbürstigen Kater), „rufe sogleich deine Großmutter an und frage sie, ob sie uns ihren Segen gibt!"

Zahlreiche Hände deuteten zum Telefon, das hinter dem Tresen an der Wand hing, und Tratschtanten-Tilda schob mich sogar in Richtung des Apparats.

Achselzuckend trat Kathleen beiseite, um mir Platz zu

machen. „Also, wenn du möchtest … die Nummer habe ich gestern hier notiert." Sie reichte mir ein Stück Papier.

Zwar gefiel mir der Gedanke nicht, dass eine fremde Frau in Nanas Praxis arbeiten sollte, aber es schien eine gute Lösung zu sein. Wenn alles klappte, hätte meine Großmutter eine Sorge weniger und würde sich viel besser erholen können. Also wählte ich die Nummer des Krankenzimmers, während Brenda in einer übertriebenen Geste den Finger an die Lippen legte und *„Psssst"* durch den Raum zischte. Die Inselbewohner schafften es tatsächlich, sich einigermaßen still zu verhalten, sodass ich meiner Großmutter alles in Ruhe erzählen konnte.

„Mildred Silverton?", fragte Nana, als ich fertig war. „Da klingelt es irgendwie bei mir. Ach ja! Wenn mich nicht alles täuscht, habe ich mit ihr zusammen studiert."

„Wart ihr miteinander befreundet?", fragte ich hoffnungsvoll. Nana glaubte zwar an das Gute in allen Menschen, aber wenn sie jemanden wirklich ins Herz schloss, musste diese Person in Ordnung sein.

„Befreundet ist wohl zu viel gesagt. Sie hat einige Semester nach mir begonnen, also hatten wir nur wenige Kurse zusammen", räumte Nana ein. „Ich erinnere mich, dass sie ein wenig schüchtern, aber sehr lieb, sanft und fürsorglich war. Bestimmt ist aus ihr eine wunderbare Tierärztin geworden. Also, wenn die Leute das möchten, kann sie mich gerne vertreten."

Erleichterung stieg in mir hoch, bis mich ein Gedanke zusammenzucken ließ. „Was ist mit … du weißt schon … den Pflegetieren?", fragte ich leise. Dabei glaubte ich, die Blicke der anderen wie ein Kribbeln im Nacken zu spüren.

Zum Glück begriff Nana gleich, dass ich von den Fabelwesen sprach. „Ich glaube kaum, dass wir sie dadurch gefährden. Mildred schien mir wirklich keine Frau zu sein, die ihre Nase in fremde Angelegenheiten steckt. Während sie die *normalen* Patienten übernimmt, werdet ihr euch in Ruhe weiter um die *anderen* kümmern können."

Gleich darauf ertönte eine Männerstimme im Hintergrund, und Nana sagte schnell: „Süße, gerade ist der Arzt gekommen, um mich zu untersuchen. Wir telefonieren später wieder, ja?" Es knackte in der Leitung, und ich drehte mich mit einem tiefen Atemzug zu den anderen um. Ein paar der Inselbewohner, darunter natürlich auch Tratschtanten-Tilda, hatten sich allen Ernstes zum Lauschen über den Tresen gehängt. Zur Strafe wartete ich absichtlich lange, ehe ich verkündete: „Nana ist einverstanden – Mrs Silverton kann ihre Vertretung werden."

„Gepriesen sei der Herr!“, rief Pfarrer Morland, theatralisch wie immer, und alle anderen seufzten erleichtert.

Na ja, fast alle. Der alte Fergus hatte inzwischen mein Früchtebrot stibitzt und kaute mit seiner üblichen griesgrämigen Miene vor sich hin.

7. KAPITEL

Die neue Tierärztin

Mildred Silverton traf bereits am folgenden Morgen ein.

Genau wie bei Noahs Ankunft hatten sich die Inselbewohner am Hafen versammelt, um den Gast zu empfangen. Inzwischen hatte absolut jeder das Foto auf Mrs Silvertons Webseite studiert, und es war rundum positiv aufgenommen worden.

„Ein nettes Lächeln“, meinte Kathleen.

„Intelligent sieht sie auch aus“, lobte Mr O’Leary. „Und

aufmerksam." Tatsächlich hatte Mildred Silverton auf dem Foto die Augenbrauen ein wenig erhoben, so als erwartete sie, dass ihr Gegenüber etwas Bestimmtes sagte oder tat.

Bauer Orin gefielen die blonden Haare – „Fast wie bei meiner verstorbenen Frau, Gott hab sie selig!" –, und warum Brenda von Mrs Silverton begeistert war, brauchte sie gar nicht erst zu erklären. Die Tierärztin wirkte mit ihrer hochgeschlossenen, perfekt gebügelten Bluse so ordentlich, als gehörte sie zur Einrichtung des Graham's Inn.

Gespannt beobachtete ich, wie der Kutter am Pier anlegte und Cormack heraussprang. Kathleen drückte ihrem Mann ein Küsschen auf die wettergegerbte Wange, doch abgesehen von ihr hatte kaum jemand einen Blick für Cormack übrig. Das Interesse der anderen Inselbewohner galt der großen hageren Frau, die aus der Kajüte kam.

Mildred Silverton zeigte dasselbe strahlende Lächeln wie auf dem Foto im Internet, und mit ihrem makellosen Outfit – einer türkisfarbenen Bluse zu weißen Jeans und Stöckelschuhen – sah sie so aus, als wäre sie einem Modekatalog für „Damen in den besten Jahren" entsprungen. Das Klackern ihrer Absätze mischte sich mit dem Rattern eines glänzenden kleinen Rollkoffers, den sie hinter sich her über das Deck zog. Am Rand des Kutters blieb sie einen Moment lang stehen, bis Cormack ihr zu Hilfe eilte. Nachdem er ihr den Koffer abgenommen hatte, reichte er der Tierärztin seinen Arm, damit sie leichter an Land steigen konnte.

„Herzlichen Dank, mein Lieber", sagte Mrs Silverton mit erstaunlich kräftiger Stimme.

„Aber das ist doch das Mindeste", entgegnete Cormack, dann wandte er sich gutmütig schmunzelnd an uns. „Sie hat während der Überfahrt die ganze Kajüte aufgeräumt", erzählte er, „das war schon lange mal wieder nötig."

„Ja, das war es", bestätigte Mrs Silverton mit einem kurzen Auflachen und strich über ihre Stirn, als wollte sie dort eine lose Haarsträhne fortwischen. Dabei saß ihr kurzer Pferdeschwanz perfekt. Vielleicht lag es ja an dieser straffen Frisur, dass sie die Augenbrauen ständig leicht erhoben hatte. Jedenfalls wirkte sie irgendwie erstaunt, während sie den Blick langsam über die Inselbewohner wandern ließ. „Ich bin Doktor Silverton", sagte sie, „aber das wissen Sie natürlich bereits. Es freut mich, dass Sie so zahlreich erschie-

nen sind, um mich willkommen zu heißen. Und das, obwohl Sie an einem Freitagvormittag sicher Wichtigeres zu tun hätten."

Darauf folgte verlegenes Schweigen, bis Bauer Orin sich ein Herz fasste. Normalerweise war er eher wortkarg, doch Mrs Silverton zuliebe gab er sich ungewöhnlich charmant. „Was könnte denn wichtiger sein, als unsere Retterin zu begrüßen?", fragte er. „Ich, äh, meine natürlich die Retterin unserer Tiere. Soll ich vielleicht Ihr restliches Gepäck an Land bringen?"

„Ein reizendes Angebot. Vielen Dank, meine Herren", sagte Mrs Silverton in Cormacks Richtung, obwohl der eigentlich gar nichts angeboten hatte. Trotzdem begann er bereitwillig, mit Orins Hilfe zwei große Koffer und eine Reisetasche vom Schiff zu tragen. Mrs Silverton schaute den beiden Männern zufrieden zu, während sie immer noch den Griff ihres kleinen Rollkoffers festhielt. Als sämtliches Gepäck auf dem Pier abgeladen war, trat Brenda einen Schritt nach vorne.

„Dann wollen wir Sie mal zum Graham's Inn bringen", sagte sie und griff nach der Tasche.

Mrs Silvertons Augenbrauen wanderten noch ein wenig höher. „Wohin, bitte sehr?"

„Oh, zu Ihrer Unterkunft natürlich. Ich bin die Wirtin, mit der Sie Dings, äh, E-Mails geschrieben haben. Und das Graham's Inn ist das beste Gasthaus von ganz Patch Island!", verkündete Brenda. Sie erwähnte nicht, dass es das *einzige* Gasthaus war, aber das ahnte Mrs Silverton sicher auch so.

„Dann erfreut sich dieses Lokal sicher großer Beliebtheit, nicht wahr?" Mit flatternden Wimpern schaute sie Brenda an, die vor Stolz ein paar Zentimeter zu wachsen schien.

„Ja, über fehlende Stammgäste kann ich mich nicht beklagen", sagte die Wirtin geschmeichelt.

Mrs Silverton nickte. „Das habe ich mir gedacht. Leider, leider bin ich aber sehr lärmempfindlich und benötige die Ruhe eines privaten Heims. Ich denke, ich werde mich in Cleo Collins' Haus wohler fühlen."

Was? Ich machte den Mund auf und schloss ihn gleich wieder. Normalerweise redete ich in heiklen Situationen eher zu viel als zu wenig, aber jetzt hatte es mir die Sprache verschlagen.

Auch Noah wirkte reichlich verdattert. „Sie wollen also bei uns einziehen?", fragte er.

Mrs Silverton drehte sich um. Ihre Augenbrauen erreichten nun fast ihren Haaransatz. „Und ihr seid …?“, fragte sie, als fände sie es irritierend, von Menschen angesprochen zu werden, die noch nicht erwachsen waren.

„Das sind Ruby Fairygale und Noah Arons, die Kinder von Cleo“, antwortete Bauer Orin eifrig. „Ein Pflegekind und ein Besuchskind, besser gesagt.“

Mrs Silverton räusperte sich. „Wie … nett! Cleo scheint ja ausgesprochen gastfreundlich zu sein. Ich erinnere mich noch gut daran, wie offenherzig sie bereits als Studentin gewesen ist. Vielleicht auch ein bisschen flippig, aber das ist ja Geschmacksache. Jedenfalls werden wir uns bis zu ihrer Rückkehr sicher *glänzend* miteinander vertragen.“

„A-also“, stammelte ich, während ich verzweifelt nach einer Ausrede suchte. Ich konnte ja schlecht sagen, dass meine Großmutter nicht einverstanden wäre – ausgerechnet jetzt, da Mrs Silverton Nanas Gastfreundlichkeit gelobt hatte. Aber sie ließ mir auch gar keine Gelegenheit, zu widersprechen. Mit forschen Schritten kam sie auf uns zu und erklärte: „Ich möchte schon heute die ersten Patienten empfangen, daher sollten wir keine Zeit verlieren. Faulheit liegt nicht in meiner Natur! Würdet ihr mich jetzt bitte zur Praxis bringen, damit ich mich einrichten kann?" Schwungvoll zog sie den Rollkoffer an ihre Seite, und beim Rattern der Räder hob Schmuggel den Kopf. Er hatte bisher zu Noahs und meinen Füßen geschlafen, entspannt wie fast immer. Jetzt aber ging ein Ruck durch seinen Körper, sein graues Fell sträubte sich, und er stieß ein kurzes Grummeln aus. Man konnte es kaum als Knurren bezeichnen, und es war auch gleich wieder vorbei, aber Mrs Silverton hatte es genau gehört.

Das war der Moment, in dem sie ihr Lächeln zum ersten Mal verlor. Während sie mit ihrem Koffer ein paar Schritte zurückwich, presste sie die Lippen zusammen, als hätte sie einen Gestank wahrgenommen. Eine Sekunde später blitzten ihre Zähne jedoch wieder auf.

„Oh, habe ich dich etwa erschreckt?", fragte sie laut.

„Aber ein wesensfester Hund sollte eigentlich nicht so unruhig sein. Hat dieses Tier eine Hundeschule besucht?"

„Wissen wir nicht", sagte Noah, eine Hand auf Schmuggels Kopf gelegt. „Er wohnt erst seit Kurzem auf dem Hof von Rubys Grandma, aber normalerweise ist er echt cool."

„Normalerweise, aha", wiederholte Mrs Silverton. „Nun, einen Hund dieser Größe muss man natürlich jederzeit unter Kontrolle haben, schon allein aus Gründen der Sicherheit." Sie zögerte einen Augenblick, ehe sie den Kopf hob und in die Runde schaute. „Zum Glück sind unausgeglichene Tiere mein Spezialgebiet", redete sie energisch weiter. „Meiner Erfahrung nach können ein paar Vitaminpillen und Entspannungsübungen absolute Wunder bewirken!"

„Was ist mit Hunden, die ein klitzekleines Gewichtsproblem haben?", fragte Tratschtanten-Tilda, Mr Murphy fest an ihre Brust gedrückt. „Ich verwöhne meinen Schatz so gern, aber Cleo meint immer, ich sollte ihm das Betteln bei Tisch abgewöhnen und ihn mehr herumlaufen lassen ..."

„Ach, papperlapapp", unterbrach Mrs Silverton. „Tiere dieser Rasse werden schon seit Jahrhunderten als Schoßhunde gehalten. Gerade das macht sie doch zu idealen

Gefährten!“ Ihr Blick huschte kurz zu Schmuggel, der mit seinen sechzig Kilo wohl kaum als Schoßhund durchging. Dann fuhr sie an Tilda gewandt fort: „Auch zur Gewichtsregulierung gibt es ganz tolle, rein natürliche Pillen und wirksame Massagen. Bringen Sie Ihren Liebling gerne vorbei, dann biete ich ihm mein bewährtes Programm zum Sonderpreis. Probleme sind da, um beseitigt zu werden – das ist mein Lebensmotto.“ Mit diesen Worten wandte sie sich zum Gehen, und Bauer Orin stürzte sich sofort auf das restliche Gepäck. „Das da trag ich“, schnaufte er, beladen wie ein Packesel. „Ich bringe Sie zu Cleos Hof.“

„Wie schön, dass es hier so zuvorkommende Gentlemen gibt.“ Mrs Silverton präsentierte noch einmal all ihre Zähne. „Also dann, liebe Leute von Patch Island, meine Praxis steht Ihnen ab heute offen!“

Nach dieser feierlichen Ansage marschierte sie los – doch ich folgte ihr nicht. Stattdessen ging ich in die Hocke und nestelte an Schmuggels Halsband herum, als müsste ich es enger stellen. Noah kniete sich neben mich, das Gesicht ganz nahe an meinem.

„Hast du gehört?“, flüsterte ich ihm zu. „*Meine* Praxis steht Ihnen ab heute offen, hat sie gesagt!“

„Du findest sie genauso komisch wie ich, oder?“, entgegnete Noah tonlos. „Nicht, dass ich wieder der Einzige bin, so wie bei Mr Bennet.“

„Wir *beide* sind die Einzigen“, hauchte ich und hob das Kinn in Richtung der anderen Inselbewohner, die Mrs Silverton entzückt hinterherschauten.

Beklommen nagte ich an meiner Unterlippe. War es klug, dieser seltsamen Frau zu vertrauen? Aber nur, wenn wir sie als Vertretung akzeptierten, konnte meine Großmutter sich in Ruhe erholen …

Noah schien diesen Gedanken erraten zu haben. „Schwur“, murmelte er, als wäre es ein geheimes Zauberwort.

„Schwur“, wiederholte ich. Dann griff ich nach Schmuggels Leine, und wir folgten der neuen Tierärztin zu Nanas Hof.

8. KAPITEL

Schluss mit Gemütlichkeit

Gleich nach ihrer Ankunft begann Mildred Silverton, alles auf den Kopf zu stellen. Zuerst riss sie sämtliche Fenster auf, als würde es in der Praxis miefen, dann öffnete sie Nanas Medikamentenschrank.

„Hier findet man ja nichts!", urteilte sie kopfschüttelnd. „Seltsam, eigentlich habe ich Cleo als gewissenhafte Person in Erinnerung. Aber wahrscheinlich fehlte ihr mit zwei Gastkindern einfach die Zeit, um Ordnung zu halten."

Ich holte tief Luft, um etwas zu sagen – zum Beispiel, dass ich hier kein Gast war, sondern dass Nana mich großgezogen hatte, und dass sie mit einem einzigen Handgriff alles aus dem Schrank hervorzaubern konnte, was sie gerade brauchte –, doch Noah griff nach meinem Arm. „*Schwur*“, formte er lautlos mit den Lippen. Dann zog er mich aus der Praxis, während Mrs Silverton die Medikamente umräumte.

Die folgenden Stunden verbrachten wir zusammen mit Schmuggel auf der Pflegestation, wo wir uns um zwei Katzen, eines von Doktor Thompsons Kaninchen und eine Silbermöwe mit gebrochenem Flügel kümmerten. Vor allem die Möwe bereitete mir Sorgen, denn sie würde vielleicht nie wieder richtig fliegen können. Außerdem musste sie noch eine ganze Weile mit ihrem Verband zurechtkommen. Trotzdem schien sie bester Laune zu sein, spazierte in ihrem großen Käfig herum und ließ sich sogar streicheln.

„Wir sollten ihr endlich einen Namen geben“, sagte ich. Noah legte den Kopf schief und quäkte: „MEINS? MEINS?“

Ich musste lachen. „Wie bitte?“

„So sagen das doch die Möwen in *Findet Nemo*“, erklärte Noah. „Weißt du nicht mehr?“

„Äh, nein. Den Film kenn ich gar nicht", gab ich zu. Leider funktionierte unser Fernseher nicht besonders gut, DVDs besaßen wir keine, und der Internetempfang war zu schwach, um online Filme zu schauen.

Fand Noah jetzt, dass ich komplett hinterm Mond lebte? Etwas verlegen sah ich ihn an, doch er zuckte bloß mit den Schultern.

„Jedenfalls passt der Name perfekt", sagte er und hielt eine der Sardinen hoch, die wir mitgebracht hatten. Sofort kam die Möwe angetrippelt, um den Leckerbissen gierig aus Noahs Hand zu schnappen.

Während wir mit der frisch getauften Meinsmeins spielten, konnten wir durchs geöffnete Fenster sehen, wie immer wieder Inselbewohner zur Praxis kamen. Als Erste erschien Tratschtanten-Tilda, natürlich mit Mr Murphy auf dem Arm. Danach folgte Pfarrer Morland, der zwei Transportboxen schleppte. Ein wütendes Miauen tönte bis zu uns, und ich erkannte hinter den Gitterstäben der Boxen ein rotes und ein weißes Gesicht. Das waren die Kater des Pfarrers, Rory und Finn, die Tierarztbesuche über alles hassten.

„An denen wird sich Mrs Silverton die Zähne ausbeißen", sagte ich ein bisschen schadenfroh.

Seltsamerweise waren die Kater jedoch ganz still, als Pfarrer Morland mit ihnen die Praxis verließ.

„Sie hat der Himmel geschickt!“, rief er feierlich, ehe er seine ungewöhnlich zahmen Mini-Tiger davontrug.

Später kam auch noch Bauer Orin auf den Hof. Allerdings hatte der kein krankes Tier, sondern einen Strauß Wildblumen dabei.

„Ärks“, machte Noah und widmete sich schnell einem Katzenklo.

Erst am Nachmittag, als wir es vor Hunger nicht mehr länger aushielten, wagten wir uns wieder ins Haupthaus. Eilig schmierten wir uns ein paar Marmeladenbrote und packten auch welche für die Kobolde in einen Rucksack. Zum Glück waren wir gerade damit fertig, als Mrs Silverton hereinkam. Sie trug einen blütenweißen Kittel, ein

Häubchen, einen Mundschutz und Gummihandschuhe, so als hätte sie heute mit schwer ansteckenden Krankheiten zu tun gehabt. Jetzt musterte sie stirnrunzelnd die bunten Kissen auf dem Sofa, den zerkratzten Esstisch und den Herd, der wahrscheinlich so alt war wie sie selbst.

Dann fiel ihr Blick auf das Marmeladenglas. „So viel Zucker", seufzte sie, während sie den Mundschutz abstreifte. „Kinder, ihr wisst doch bestimmt, wie ungesund das ist."

„O ja", sagte Noah betont freundlich. „Ungesund und lecker. Möchten Sie auch was?" Er hielt Mrs Silverton ein Marmeladenbrot hin, aber sie verzog das Gesicht, als wäre das Brot eine Stinkesocke. Angewidert drehte sie sich weg, öffnete den Küchenschrank und stieß einen spitzen Schrei aus.

„So schafft man doch ein Paradies für Schädlinge! Vorräte gehören in Frischhalteboxen oder Gläser mit Schraubverschluss. Es würde mich nicht wundern, wenn zum Beispiel dieses unappetitliche Kräuterzeug vor Motten wimmelt!"

„Das ist Nanas Spezialtee", erklärte ich. „Sie mischt ihn aus getrockneten Brennnesseln, Schafgarbe und …"

„Brennnesseln!", rief Mrs Silverton dazwischen. „Die gehören wahrhaftig nirgendwohin, weder in den Garten noch in den Küchenschrank." Mit diesen Worten kippte sie den gesamten Tee in den Mülleimer. Es ging so schnell, dass ich gar nichts dagegen tun konnte. Als ich mich fassungslos über den Eimer beugte, waren die Kräuter schon überall zwischen den Küchenabfällen verstreut – und zwischen den Wildblumen, die Orin mitgebracht hatte.

„So", sagte Mrs Silverton zufrieden. „Die arme Cleo wird froh sein, in ordentliche Verhältnisse heimkehren zu dürfen. Offenbar ist ihr der Haushalt ein kleines bisschen über den Kopf gewachsen."

Diesmal musste Noah mir gar nicht erst das Wörtchen *Schwur* zuraunen. Ich erkannte schon an seinem Blick, was er sagen wollte. Mit aller Kraft biss ich die Zähne aufeinander und ging aus der Wohnküche.

Ich sagte auch kein Wort, als Mrs Silverton wenig später mit einem prall gefüllten Müllsack an uns vorbeimarschierte, und genauso eisern schwieg ich, als sie eine spitze Bemerkung über meine Gummistiefel machte. Doch als sie uns abends nicht aus dem Haus lassen wollte – „Was haben Kinder im Finstern draußen zu suchen?!" –, konnte ich unmöglich noch länger den Mund halten.

„Wir *müssen* abends mit Schmuggel spazieren gehen. Er ist nicht ganz stubenrein und verrichtet sein Geschäft sonst auf dem Fußboden!“, sagte ich, lauter als beabsichtigt. Gleichzeitig beschloss ich, dem armen Schmuggel als Entschuldigung für diese Lüge ein getrocknetes Schweineohr zu spendieren.

Mrs Silverton ließ uns lange auf ihre Antwort warten. Sie hatte wieder diesen Ausdruck im Gesicht, der mir schon bei ihrer Ankunft aufgefallen war – so, als würde sie plötzlich einen ekelhaften Geruch wahrnehmen. Ich fragte mich, woran sie wohl gerade dachte: an eine Pfütze auf dem Fußboden oder daran, dass sie noch wochenlang mit uns im selben Haus wohnen musste?

Als sie schließlich lächelte, sah es eher wie ein Zähnefletschen aus. „Wie ihr meint“, sagte sie, mehr nicht. Dann ging sie mit hämmernden Absätzen in Nanas Schlafzimmer und knallte die Tür hinter sich zu.

Noah und ich zögerten keine Sekunde lang. Wir stürmten mit Schmuggel ins Freie und legten den ganzen Weg bis zur magischen Pflegestation im Laufschritt zurück. Dabei machte ich mir keine Gedanken, was es zu bedeuten hatte, wenn jemand wie Mrs Silverton mit Türen knallte. Ich wollte einfach glauben, dass alles in bester Ordnung war, und für die folgenden zwei Stunden fühlte es sich auch so an. Zwischen lauter Fabelwesen konnte man nicht unglücklich sein. Klar, Nana fehlte, aber sie hatte uns schon öfter alleine zur magischen Pflegestation gehen lassen, und wir wussten, was zu tun war. Gemeinsam wechselten Noah und ich Verbände, verteilten Essen und Hustensaft und lachten über die Scherze der Kobolde. Den Meerjungfrauen-Zwillingen Ava und Alanna ließen wir Heilbäder ein, woraufhin sie uns zum Dank zwei Glitzerschuppen schenkten. (Natürlich stritten sie sich dann, welche der Schuppen hübscher war.) Anschließend spazierten wir noch ein bisschen über die mondbeschienenen Hügel, damit Schmuggel sich die Beine vertreten konnte, und kamen gut gelaunt zu Hause an.

„Jetzt machen wir's uns am Kamin gemütlich", sagte ich, während ich mit klammen Fingern meine Gummistiefel auszog und neben Mrs Silvertons blitzsaubere Stöckelschuhe stellte.

Schmuggel wedelte zustimmend mit dem Schwanz. Das Wort „Kamin" kannte er genau, denn vor der Ofenbank war sein Lieblingsplatz. Freudig lief er neben uns her in die Stube – und stieß ein verblüfftes Japsen aus.

„Damit hätte sich das Thema *gemütlich* wohl erledigt", stöhnte Noah, und er hatte recht. Sogar in einer Drachenhöhle hätte ich es in diesem Moment heimeliger gefunden als in unserer Wohnstube. Sämtliche Fenster standen sperrangelweit offen, sodass es fast ebenso kalt war wie draußen. Allerdings wäre man ohne Frischluft vermutlich ohnmächtig geworden, denn Mrs Silverton hatten den gesamten Raum mit Desinfektionsmittel eingenebelt. Außerdem war der Teppich vor dem Kamin verschwunden, genau wie die gehäkelten Gardinen und die Kuscheldecke, die sonst immer auf dem Sofa lag. Und in der Küche hatte Mrs Silverton jedes Fitzelchen Essen entweder weggeworfen oder in Plastikboxen verpackt.

„Da seid ihr ja endlich", erklang es hinter uns. Mrs Silverton war unbemerkt durch die Tür getreten und zog tadelnd die Augenbrauen hoch. „Wisst ihr eigentlich, wie spät es ist? Cleo mag euch vielleicht alle Freiheiten gelassen haben, aber wenn *ich* hier die Praxis führen soll, muss abends Ruhe herrschen."

Ich atmete tief durch und zwang mich, freundlich zu lächeln. „Bitte entschuldigen Sie. Wir machen nur schnell Feuer im Kamin, damit Schmuggel es über Nacht warm hat, dann gehen wir gleich ins Bett."

„O nein, mein Kind." Mrs Silvertons Blick wanderte zu Schmuggel, und sie presste kurz die Lippen zusammen.

„Ein Hund dieser Größe gehört keinesfalls ins Wohnzimmer, vor allem, wenn er nicht stubenrein ist."

„Um ehrlich zu sein, habe ich übertrieben", gab ich zu. „Eigentlich hat Schmuggel noch nie auf den Boden gemacht. Er ist nachts auch immer ganz brav, Ehrenwort!"

„Selbst wenn er der bravste Hund der Welt wäre, sollte er nicht in die Nähe der Küche kommen. Das ist ausgesprochen unhygienisch! Wenn ihr ihn schon im Haus behalten wollt, dann bitte nur in euren Zimmern. Habe ich mich klar ausgedrückt?" Mrs Silvertons stahlgraue Augen wurden schmal, und sie klopfte ungeduldig mit der Fußspitze auf den Boden. Heiße Wut stieg in mir hoch, brannte in meinem Magen und brachte meinen Kopf zum Glühen. Wieso musste Mrs Silverton alles verändern? Und warum behandelte sie Schmuggel, als wäre er ein wandelnder Flohteppich?

Gerade wollte ich widersprechen, da stieß Noah mich unauffällig in die Seite.

„Okay", murmelte ich. „Dann nehme ich ihn eben mit in mein Zimmer." Ich griff nach Schmuggels Halsband und zog ihn aus der Stube, obwohl er sich merklich dagegen sträubte.

‚Was soll das, Rotzgöre?', fragte er mit seinem vorwurfsvollen Blick. ‚Nichts gegen dich, aber ich will sofort auf meinen Lieblingsplatz und meine Ruhe haben!‘

Noch vor der Treppe holte Noah uns ein. „Respekt“, flüsterte er. „Du hast nichts gesagt, auch wenn du so aussiehst, als würdest du gleich explodieren.“

Ich warf einen Blick in den Flurspiegel und stellte fest, dass mein Gesicht farblich perfekt zu meinen Haaren passte. „Wie schaffst du das nur?“, presste ich hervor, während in meinen Wangen immer noch das Blut kribbelte.

Noah trat hinter mich und schaute meinem Spiegelbild in die Augen. „Was meinst du?“

„Na, so ruhig zu bleiben! Ich kann nicht fassen, dass diese Frau als Studentin nett gewesen sein soll, obwohl sie jetzt eine pingelige, fiese …“

Hastig schob Noah mich die Treppe hinauf. „Ganz einfach“, sagte er, als wir außer Hörweite von Mrs Silverton waren. „Für mich ist das nichts Neues. *Du* hast ja fast nur mit den Bewohnern von Patch Island zu tun, und die sind zwar etwas schräg, aber ansonsten okay. Ich dagegen musste schon mit einigen fiesen Erwachsenen klarkommen – Lehrern, Nachbarn, Betreuern wie Mr Bennet. Was solche Leute reden, geht bei mir zum einen Ohr rein, zum anderen wieder raus.“

„Aus meinen Ohren kommt höchstens Dampf“, grummelte ich.

„Warte, das haben wir gleich“, sagte Noah, beugte sich zu mir herunter und pustete mir ins Ohr. Kichernd flüchtete ich vor ihm ins Badezimmer und vergaß dabei sogar für einen kurzen Moment meine Wut. Ich putzte mir die Zähne, dann machte ich Schmuggel vor meinem Bett ein gemütliches Plätzchen zurecht und kroch unter die Decke. Eigentlich war es ja ganz schön, einen Hund im Zimmer zu haben. Schmuggels tiefe Atemzüge beruhigten mich jedenfalls so sehr, dass mir schon bald die Augen zufielen.

Aber das unangenehme Brennen in meinem Inneren wollte nicht vollständig verschwinden, und der Geruch nach Desinfektionsmittel begleitete mich bis in den Schlaf.

9. KAPITEL

Böses Erwachen

„KINDER! KOMMT SOFORT RUNTER!“

Erschrocken fuhr ich hoch. Im selben Moment richtete sich auch Schmuggel auf und schaute mit gesträubtem Nackenfell zur Tür. Bestimmt schmerzte ihn Mrs Silvertons Kreischen in den Ohren. Als mir ein Poltern verriet, dass Noah aus der Wäschekammer stürzte, zog ich widerwillig die Beine unter meiner warmen Decke hervor.

„Bleib“, flüsterte ich Schmuggel zu, dann stolperte ich auf den Flur.

Mrs Silverton stand am Fuß der Treppe und starrte uns mit blitzenden Augen entgegen. Sie trug einen Morgenmantel aus Seide, der wie eine glänzende Version ihres Arztkittels aussah, und die Haare hatte sie straff zurückgebunden. Das Einzige, was nicht zu ihrer makellosen Erscheinung passte, waren die zornroten Flecken auf ihren Wangen.

„Ich verlange eine Erklärung", zischte sie und deutete auf den Fußboden. Dort, wo am Abend zuvor Mrs Silvertons Stöckelschuhe gestanden hatten, lagen nur noch ein paar angesabberte Lederstücke und ein einzelner, völlig zerkauter Schuhabsatz.

Ich schluckte, ehe ich die Treppe hinunterging und meinen Blick weiter in Richtung Wohnzimmer wandern ließ. In der Sofalehne klafften tiefe Kratzer und Bissspuren – so als wäre eine tollwütige Bestie darüber hergefallen. Außerdem waren zwei Sofakissen zerfetzt, und die weiße Füllung hatte sich bis in den Flur verteilt.

„Wo ist er?", fragte Mrs Silverton schneidend.

Sie brauchte nicht zu erklären, wen sie damit meinte. Trotzdem stammelte ich hilflos: „Wer, Schmuggel? Der kann das nicht gewesen sein, so etwas hat er noch nie getan!"

„Und das soll ich dir glauben?“ Mrs Silverton rang pfeifend nach Luft. „Mein liebes Kind, es mag ja sein, dass er so etwas *hier* noch nie getan hat. Aber die Frau mit dem Mops hat mir gestern erzählt, dass euer Schmuggel bis vor Kurzem ein Straßenhund gewesen ist. Keiner weiß, aus welchen Verhältnissen er stammt! Wie töricht von Cleo, ein fremdes und derart großes Tier in ihr Haus aufzunehmen. Wenn ihr den Hund nicht unter Kontrolle bringt, kann ich nicht mehr länger mit ihm zusammenwohnen. Dann muss einer fort von hier – er oder ich!“

Noah und ich wechselten einen Blick. Was für eine Frage: Wollten wir lieber mit unserem vierbeinigen Kumpel zusammenwohnen oder mit einer Mischung aus Dolores Umbridge und Cruella de Vil? Wäre Nana gesund gewesen, hätte ich keine Sekunde gezögert. So aber hallte nur wieder das Wort *Schwur* durch meine Gedanken und ich fing jetzt schon an, es zu hassen.

Unwillkürlich schaute ich die Treppe hinauf, wo das leise Scharren von Krallen zu hören war. Schmuggel kauerte an der obersten Stufe, als wollte er sich trotz seiner Größe unsichtbar machen. Vielleicht schämte er sich ja für das, was er in der vergangenen Nacht angerichtet hatte.

„Keine Sorge“, sagte ich heiser und drehte mich wieder

zu Mrs Silverton. „Ich denke, er war nur verwirrt, weil er nicht auf seinem Lieblingsplatz schlafen durfte. So etwas kommt bestimmt nie wieder vor."

„Das will ich auch hoffen", entgegnete Mrs Silverton, die Brauen so eng zusammengezogen, dass sie sich über ihrer Nasenwurzel trafen. „Zum Glück habe ich ein zweites Paar Schuhe mitgebracht, aber wenn ich dieses Ungetüm ein einziges Mal ohne Aufsicht erwische, dann ...!"

Das Schrillen des Telefons unterbrach ihre Drohung. Reflexartig setzte ich mich in Bewegung, doch Mrs Silverton war schneller. Mit ein paar langen Schritten hatte sie den Apparat erreicht und riss den Hörer an sich.

„Tierarztpraxis Silverton, was kann ich für Sie tun?"

Einen Moment lang blieb es still, dann passierte etwas Merkwürdiges. In den letzten Wochen hatte sich vor meinen Augen ein kleiner Junge in ein Seehundbaby verwandelt, und ein schüchternes, zartes Mädchen in eine kreischende Todesfee. Aber nichts davon war mir auch nur annähernd so seltsam erschienen wie die Verwandlung, die nun mit Mrs Silverton vor sich ging: Ganz plötzlich verschwanden ihre Zornesfalten, und ihr Mund formte ein so breites, strahlendes Lächeln, wie man es sonst nur aus Werbung für Zahnpasta kannte.

„Oh, Cleo, meine Liebe“, trällerte sie. „Ich freue mich ja so, nach all den Jahren wieder deine Stimme zu hören! Wie *geht* es dir denn? Aber was frage ich, natürlich geht es dir miserabel. Bitte erhole dich ganz in Ruhe, ich habe hier alles fest im Griff!“ Dann reichte sie mir den Hörer und sagte laut: „Ruby, Schätzchen, deine arme Omi möchte gern mit dir sprechen.“

Unbehaglich drückte ich mir den Hörer ans Ohr. „Hallo, Nana. Schön, dass du anrufst“, murmelte ich. Mrs Silverton war in die Küche hinübergegangen, aber ich fühlte mich trotzdem belauscht. Zu meiner Erleichterung begann Noah, mit extra viel Gepolter das Chaos im Wohnzimmer aufzuräumen.

„Wie geht es dir denn?“, wiederholte ich Mrs Silvertons Frage.

„Ach, das wird schon“, meinte Nana, und mein Herz schien ein Stück nach unten zu sacken. Wenn man sich erkundigte, wie es meiner Großmutter ging, antwortete sie normalerweise selbst bei Zahnschmerzen, verstauchtem Knöchel oder 39 Grad Fieber: *Danke, wunderbar.* So, wie sie nun der Frage auswich, musste sie wirklich noch sehr mitgenommen sein. Ich konnte hören, dass sie angestrengt Luft holte, ehe sie weitersprach: „Und, wie war es gestern mit meiner Vertretung? Ehrlich gesagt, habe ich mir ziemliche Sorgen gemacht …“

„Das brauchst du nicht!“, behauptete ich und zwang mich zu einem heiteren Tonfall. „Hier läuft es super! Mrs Silverton hat gestern schon die ersten Patienten behandelt, und alle waren rundum zufrieden.“

Wieder hörte ich Nana tief durchatmen, aber diesmal klang es eher wie ein erleichtertes Seufzen. „Süße, da fällt mir wirklich ein Stein vom Herzen. Weißt du, gestern Abend ist mir nämlich etwas klar geworden. Diese fürsorgliche, schüchterne Studentin, an die ich mich erinnert habe – das war nicht Mildred Silverton, sondern ihre Freundin. Ich glaube, die hieß Winifred Appleton oder so ähnlich. Kein Wunder, dass ich die Namen verwechselt habe.“

Vor Schreck klappte mir der Mund auf. Das war also die Erklärung dafür, warum Mrs Silverton so gar nicht zu Nanas Beschreibung passte!

„Und Mrs Silverton war nicht … schüchtern und fürsorglich?“, fragte ich, obwohl ich die Antwort darauf bereits kannte.

Nana stieß ein kurzes Lachen aus. „O nein, Mildred hatte damals ein recht herrisches Auftreten. Ich fürchte, die arme Winnie stand ziemlich in ihrem Schatten. Aber du darfst nicht vergessen, dass das alles sehr lange her ist. Menschen können sich ändern, und wie es klingt, hat Mildred das getan.“

„Na ja …“, sagte ich zögernd, dann dachte ich an unseren Schwur und schob schnell hinterher: „Ja, das kann schon sein.“ Mit zusammengeschnürter Kehle beobachtete ich, wie Mrs Silverton an mir vorbei zur Haustür marschierte. Auf einem Teller trug sie ein perfektes Gurkensandwich vor sich her, das sie offenbar in der Praxis verspeisen wollte. Sicher befürchtete sie, Schmuggels Anblick könnte ihr sonst den Appetit verderben.

„Wenn ich wiederkomme, will ich keine Spur mehr von *dem da* sehen“, zischte sie noch, ehe sie das Haus verließ.

Schwer zu sagen, ob sie damit die Unordnung oder Schmuggel gemeint hatte. Der Wolfshund war inzwischen geduckt die Treppe heruntergeschlichen und schnupperte an den Überresten von Mrs Silvertons Schuhen, als könnte er selbst nicht begreifen, was da in ihn gefahren war.

„Also dann“, sagte Nana, „ich freue mich, dass bei euch alles in Ordnung ist. Falls doch irgendetwas sein sollte, kannst du mich natürlich jederzeit anrufen. Das weißt du, oder?“

„Klar. Bis bald“, brachte ich mühsam hervor, dann legte ich auf.

„Mistige Möwenkacke!“, kommentierte Noah. Anscheinend verbrachte er zu viel Zeit mit den Kobolden – aber ich fand, er hatte die Situation perfekt zusammengefasst.

10. KAPITEL

Mrs Silverton dreht auf

Im Laufe des Tages stellte ich fest, dass es unmöglich war, Mrs Silverton auszuweichen. Nicht nur, weil sie ständig zwischen Praxis, Pflegestation und Haupthaus wechselte und wir ihr deshalb immer wieder begegneten – sie schien auch das einzige Gesprächsthema sämtlicher Inselbewohner zu sein.

„Mein Murphylein ist so entspannt wie nie zuvor!", jubelte Tratschtanten-Tilda, als wir sie während einer Gassi-Runde trafen, und hielt uns ihren Mops unter die Nase.

„Er bettelt überhaupt nicht mehr. Wer hätte gedacht, dass Massagen und ein paar zusätzliche Vitamine so etwas bewirken können! Heute hat er seine zweite Behandlung, und ich wette, schon bald gehören seine Fressattacken der Vergangenheit an."

„Sie ist eine echte Tierflüsterin", schwärmte Mrs Thompson, die Frau des Doktors, als wir ihr im Inselzentrum begegneten. „Ich habe mein Kaninchen vorhin auf der Pflegestation besucht, und es war zutraulicher denn je. So lange wie heute habe ich es überhaupt noch nie streicheln können!"

„Sicher kriegt Mildred es auch hin, dass mein Schafbock nicht mehr ständig davonläuft", mischte Bauer Orin sich ein, der gerade vom Mittagessen aus dem Graham's Inn kam. Im nächsten Moment lief er unter seinem Stoppelbart rosa an. „Ähm, Doktor Silverton, meine ich."

Sein Neffe Liam nickte. „Jep, die Frau ist schwer in Ordnung. Mit den Ponys war sie auch gleich auf einer Wellenlänge. Nicht ganz billig, die Behandlung, aber es lohnt sich."

Am zufriedensten aber wirkte eindeutig Brenda Graham. Obwohl Samstag war, hatte sie ihre schönste Montagsmiene aufgesetzt – dieses stolze, etwas hochmütige

Lächeln, das sie sonst nur in ihrer Rolle als Postbeamtin zur Schau trug. „Es war eine geniale Idee von mir, sie einzuladen, nicht wahr?“, trällerte sie durch die geöffnete Gasthaustür. „Im *Google* steht, dass Mrs Silverton ganz viele Preise gewonnen hat. Niemand anderes könnte unsere liebe Cleo so gut vertreten!“

Zähneknirschend hörte ich mir diese Lobeshymnen an.

„Die Schreckschraube hat alle hypnotisiert“, sagte Noah, „oder ihnen mit Desinfektionsmittel das Hirn vernebelt.“ Aber seine Spötteleien klangen nicht so locker wie sonst. Vielleicht dachte er ja dasselbe wie ich: dass so viele Leute sich unmöglich irren konnten. Egal, was wir beide von Mrs Silverton hielten – sie schien tatsächlich eine tolle Ärztin zu sein.

An diesem Abend blieben wir besonders lange auf der magischen Pflegestation, obwohl es dort gar nicht mehr viel Arbeit für uns gab. Die meisten Kobolde waren fast wieder gesund, und auch der Ausschlag der Zwillinge verblasste allmählich. Trotzdem fanden wir immer wieder neue Ausflüchte, um noch nicht nach Hause gehen zu müssen. Erst, als wir den Sand in der Meerjungfrauen-Abteilung glatt geharkt, die Badewannen poliert und jedes Kobold-Bett frisch bezogen hatten, machten wir uns auf den Heimweg. Ganz langsam.

Am Hoftor wären wir beinahe mit Mr O'Leary zusammengestoßen, der wie üblich einen Notizblock in der Hand und einen angespitzten Bleistift hinter dem rechten Ohr hatte. Außerdem zog er einen Bollerwagen mit drei leeren Hühnerkäfigen hinter sich her.

„Hallo, was machen Sie denn so spät noch hier?", fragte ich. „Es gab doch hoffentlich keinen Notfall?"

Lachend wedelte Mr O'Leary mit seinem Notizblock. „Einen Notfall? Einen Glücksfall, würde ich sagen! Jetzt weiß ich, wie ich garantiert einen Artikel bei einer großen Zeitung unterbringen kann: mit einem Bericht über Mrs Silvertons Piwpih!"

Noah lehnte sich näher zu mir. „Hat er gesagt, er schreibt über Mrs Silvertons Pipi?", raunte er.

Ich unterdrückte ein Kichern. „Aber Sie wollten doch über die Rettung der Wale schreiben!", erinnerte ich meinen ehemaligen Lehrer.

Mr O'Leary winkte ab. „Das hier finde ich viel besser. Außerdem ist es eine echte Bereicherung für Patch Island. Wie schön, dass Mrs Silverton frischen Wind hereinbringt!" Er tippte sich an die Mütze und marschierte weiter, begleitet vom Scheppern der Hühnerkäfige. Das Geräusch war soeben verklungen, als hinter uns ein Räuspern ertönte. Noah und ich fuhren herum und sahen Mrs Silverton, die sich mal wieder unbemerkt genähert hatte. Für eine Frau mit einem derart selbstbewussten Auftreten und einer so durchdringenden Stimme konnte sie das erstaunlich gut.

„Ach, ihr seid es", sagte sie. „Ich dachte, jemand würde noch ein Pflegetier bringen. Während ihr weg wart, hatte ich nämlich jede Menge Besucher. Gute Neuigkeiten sprechen sich hier wirklich schnell herum!"

Obwohl ihre Worte so positiv klangen, spürte ich, wie sich dabei die feinen Härchen in meinem Nacken aufrichteten. Vielleicht lag es an dem seltsamen Glitzern in Mrs Silvertons Augen oder daran, wie sie mitten in der Toröffnung stehen blieb und uns so den Blick auf den Hof versperrte.

„Was gibt es denn Neues?", erkundigte ich mich nervös.

Mrs Silverton verzog den Mund zu einem breiten Grinsen, so als hätte sie auf genau diese Frage gewartet. „Nun, mir ist klar geworden, dass die Inselbewohner sich bei der Pflege ihrer Tiere ein wenig alleingelassen fühlen. Sie wünschen sich nicht nur Hilfe, wenn ihre Lieblinge krank oder verletzt sind, sondern auch bei auffälligem Verhalten und Ernährungsfragen. Um diesen Wunsch zu erfüllen, habe ich die perfekte Lösung gefunden: Piwpih!“

„Okay, das war jetzt eindeutig Pipi“, murmelte Noah, ohne sich die Mühe zu machen, wirklich leise zu sein.

Mrs Silverton ließ sich nicht beirren. Sie trat einen Schritt zur Seite und deutete feierlich auf ein Banner, das neben der Tür zur Pflegestation hing. Darauf stand in perfekter Handschrift:

Patch Islands Wellness- und Pflege-Institut für Heimtiere. Probleme sind da, um beseitigt zu werden.

„PIWPIH!“, schmetterte Mrs Silverton. „Eine Forschungseinrichtung, die sich dem Wohlbefinden pelziger und gefiederter Schätze widmet. Hier werden die Tiere professionell gereinigt und durchgecheckt, sie erhalten selbst gekochtes Spezialfutter und Massagen, hören Entspannungsmusik und werden liebevoll trainiert. Wenn sie dann wieder abgeholt werden, sind sie in einem besseren Zustand als jemals zuvor.“

„Wir sprechen hier aber immer noch von Tieren, ja?“, fragte Noah. „Nicht von Autos … oder reichen älteren Damen?“

Falls Mrs Silverton allmählich die Geduld verlor, so

zeigte sie es nicht. Nur ihre rechte Augenbraue wanderte ein kleines bisschen weiter nach oben als die linke. „Wir sprechen“, sagte sie langsam, „von bereits sieben neuen Patienten, die heute hierhergebracht wurden. Das Institut ist ein voller Erfolg.“

Darauf fiel nicht einmal Noah eine spöttische Antwort ein, und auch ich war einige Sekunden lang sprachlos. Wellness für Tiere mochte vielleicht etwas merkwürdig klingen, aber wie ich es auch drehte und wendete: Ich fand nichts Schlechtes daran. Spezialfutter und besondere Pflege anzubieten, war nett – und passte deshalb kein bisschen zu Mrs Silverton.

„Wieso wollen Sie das denn machen?“, fragte ich zögernd.

Mrs Silverton schürzte die Lippen. „Ich sage es ja nicht gerne“, meinte sie (und es wirkte, als würde sie absolut nichts lieber sagen), „aber Cleo scheint nur gerade so viel Zeit und Arbeit in ihre Praxis gesteckt zu haben wie unbedingt notwendig. Ich erinnere mich, dass sie auch während des Studiums eher für die Rettung irgendwelcher Bäume demonstriert hat, anstatt Fleißaufgaben zu erledigen. Einmal wollte sie sogar den Bau einer Straße verhindern, weil dafür ein *Feenhügel* abgetragen werden musste!“ Mit einem nachsichtigen Lächeln schüttelte Mrs Silverton den Kopf, während ich hinter meinem Rücken die Fäuste ballte. Zu gerne hätte ich erzählt, dass Nana sogar zwei Pflegestationen gleichzeitig betreut hatte, und dass in einer davon auch Feen ein und aus gingen. Aber das war natürlich nicht möglich. Also konnte ich nur stumm dabei zuhören, wie Mrs Silverton weitersprach:

„Ich für meinen Teil mache sehr gerne Fleißaufgaben, und das soll den Menschen von Patch Island zugutekommen. Sie müssen darauf vertrauen, dass ihre Tiere hier in den besten Händen sind. Darum möchte ich euch ausdrücklich bitten, den schlecht erzogenen Riesenhund genau zu überwachen und vom Institut fernzuhalten!“

„Das geht aber nicht“, wandte ich ein. „Wie sollen wir Schmuggel gleichzeitig überwachen, fernhalten *und* uns um die Pflegetiere kümmern?“

„Wer sagt denn, dass ihr euch weiterhin um die Pflegetiere kümmern werdet?“, fragte Mrs Silverton erstaunt. „Das Spezialprogramm im PIWPIH übernehme selbstverständlich ich. Das ist mein Versprechen an meine hoch geschätzten neuen Kunden. Schließlich zahlen sie dafür.“

Ich sah, wie Noahs Miene sich verfinsterte. „Können wir wenigstens noch die Möwe pflegen?“, wollte er wissen.

Mrs Silvertons Lächeln verblasste ein wenig, und sie legte bekümmert die Stirn in Falten. „Ach, Kinder – was das betrifft, muss ich euch noch etwas erzählen. Bisher konnten ja alle Inselbewohner hier einfach ein und aus gehen, wie es ihnen gefiel. Leider hat wohl einer von ihnen heute die Tür offen gelassen. Damit so etwas nicht wieder geschieht, habe ich den hilfsbereiten Bauern gebeten, einen Riegel anzubringen.“ Sie zeigte auf ein großes Vorhängeschloss, das an der Tür zur Pflegestation hing. „Seht ihr? Jetzt sind alle Tiere auf meinem Institut hundertprozentig sicher.“

„Und was bedeutet das?“, knurrte Noah.

„Was ist mit der Möwe passiert?", fragte ich im selben Moment.

Mrs Silverton seufzte. „Nun, dieser bedauernswerte Wildvogel scheint irgendwie entwischt zu sein. Aber falls ihr ihn wiederfindet, müsstet ihr ihn ohnehin an einem anderen Ort unterbringen. Es heißt schließlich Institut für *Heim*tiere, nicht wahr?"

11. KAPITEL

Nichts als Ärger

Patch Island war ohne Zweifel eine kleine Insel. So klein, dass Pfarrer Morland zu behaupten pflegte: „Dem Herrgott ist ein Krümel aus der Tasche gefallen, und der hat sich dann in unsere schöne Heimat verwandelt.“

Außerdem zeterte der alte Fergus manchmal, wenn er das Graham’s Inn betrat: „Ist dir schon wieder was angebrannt? Verflucht, man kann das bis zum Südstrand riechen!“

In Wirklichkeit dufteten Brendas Speisen sehr gut, und man roch sie höchstens bis zum anderen Ende des Inselzentrums. Fergus wollte die Wirtin bloß ärgern.

Fest stand jedenfalls, dass Patch Island klein war. Aber ich wusste, wie schwierig es war, hier einen entführten Kobold zu finden – und die Suche nach einer verletzten Möwe schien vollkommen aussichtslos.

„Geben wir's auf", sagte Noah, nachdem wir zwei Stunden lang bei Nieselregen über die Hügel gestreift waren. „Bestimmt sitzt Meinsmeins unter irgendeinem Busch und schläft. Es ist ja längst stockdunkel."

„Silbermöwen sind auch nachtaktiv!", entgegnete ich. „Was, wenn ihr etwas zugestoßen ist? Sie kann ja nicht mal fliegen, ihre Wunde ist noch nicht richtig verheilt!" Nur mit Mühe konnte ich die Tränen zurückhalten, und ich stapfte schneller durchs feuchte Gras, um es zu verbergen. Aber Noah kannte mich inzwischen gut genug, um zu erkennen, wann ich die Nerven verlor. Mit zwei großen Schritten überholte er mich und schaute mir eindringlich in die Augen. „Pass auf, wir gehen jetzt nach Hause, und morgen früh sitzt Meinsmeins wahrscheinlich vor der Tür. Die ist doch viel zu clever, um sich zu verirren. Es wird alles wieder gut, okay?"

Ich richtete den Blick stumm auf meine Füße.

„Sag Ja, Ruby", befahl Noah.

„Ja, Ruby", antwortete ich mechanisch, ohne den Kopf zu heben. Geknickt folgte ich Noah zurück zum Hof und vorbei an dem *Institut,* das gestern noch einer meiner liebsten Orte gewesen war. Beim Anblick des eisernen Vorhängeschlosses fühlte ich mich gleich noch elender. Auf Patch Island gab es sonst überhaupt keine versperrten Türen.

„Einfach ignorieren", sagte Noah, und wieder befolgte ich seinen Rat. Doch als er vorschlug, gemeinsam einen Film anzuschauen, schüttelte ich stumm den Kopf. Erstens hätten wir damit garantiert Mrs Silverton in die Stube gelockt, und zweitens fühlte ich mich unendlich müde. Die Ereignisse der vergangenen Tage lasteten auf meinen Schultern wie ein Rucksack voller Mathebücher. Wie hatte nur so schnell so vieles schieflaufen können?

Schmuggel schien meine Traurigkeit zu spüren, denn als ich wenig später in meinem Zimmer das Licht ausknipste, ließ er sich ganz dicht neben meinem Bett nieder. Ich musste nur meinen Arm ausstrecken, um die Finger in seinem rauen Fell zu vergraben. Fast kam es mir so vor, als wollte er mich bewachen.

„Schön bei mir bleiben, ja?“, murmelte ich, ganz benebelt vor Müdigkeit.

Schmuggel grummelte leise. Dann fielen mir die Augen zu.

Im nächsten Moment raste ich kreuz und quer durch die Dunkelheit, verfolgt von Mrs Silvertons wütendem Kreischen. *„Wag es ja nicht, wieder diese Möwe hier anzuschleppen!“*, rief sie so schrill, dass es mir in den Ohren wehtat. *„Wildtiere haben in meinem Institut nichts zu suchen, genauso wenig wie du! Verschwinde von hier, und zwar sofort!“*

Angestrengt versuchte ich, etwas zu erwidern, doch meine Stimme gehorchte mir nicht. Ich konnte nur qualvoll nach Luft japsen, während ich rannte und rannte … und schließlich erwachte.

Es dauerte eine ganze Weile, bis ich begriff, dass ich geträumt hatte. Wie aus der Ferne drang mein Name zu mir – erst geflüstert, dann gezischt. „Ruby, verdammt! Mach schon, das musst du dir ansehen!“

Benommen setzte ich mich auf und blinzelte zur Tür. Im schwachen Morgenlicht konnte ich Noahs Umrisse gerade so erkennen. Er machte keinerlei Anstalten, mein

Zimmer zu betreten, sondern gestikulierte hektisch mit beiden Armen.

„Komm raus, aber lass den Hund hier“, verlangte er tonlos.

Da wurde mir klar, dass etwas ganz und gar nicht in Ordnung war. Noah hatte Schmuggel noch nie *den Hund* genannt. Ich kroch unter meiner Decke hervor, schlich aus dem Zimmer und machte schnell die Tür hinter mir zu. Glücklicherweise war Schmuggel noch zu müde, um sich darüber aufzuregen. „Ist es wegen Mrs Silverton?“, wisperte ich, während ich mit Noah zur Haustür lief. „Hat sie schon wieder irgendwas –“

Der Rest des Satzes blieb mir in der Kehle stecken. Noah ließ mir keine Gelegenheit, in meine Gummistiefel zu schlüpfen, sondern zerrte mich ohne Erklärung ins Freie. Verwirrt stolperte ich neben ihm her, dann schnappte ich nach Luft.

Normalerweise fand ich den Hof zu dieser Tageszeit am schönsten: wenn Nebelschwaden über die niedrigen Steinmauern zogen, Tautropfen am eisernen Tor glitzerten und die Dächer ins rotgoldene Licht des Sonnenaufgangs getaucht waren. Doch was ich jetzt zu sehen bekam, hatte absolut nichts Zauberhaftes an sich.

Eine Schubkarre mit Schafsmist war umgekippt worden, und die Spuren verliefen quer über den Hof. Außerdem wirkte der Boden an einigen Stellen vollkommen zerwühlt, und Mrs Silvertons handgeschriebenes Banner lag abgerissen im Dreck. Am schlimmsten aber waren die langen, tiefen Kratzer an der Tür zur Pflegestation.

„O nein", hauchte ich. „Aber … das hat auf gar keinen Fall Schmuggel getan. Du weißt doch, wie lieb er ist!"

Mal abgesehen von der Zeit direkt nach seiner Ankunft, ergänzte ein leises Stimmchen in meinem Kopf.

„Ich kann es mir ja auch nicht vorstellen. Aber wer sollte es sonst gewesen sein?", entgegnete Noah und deutete auf ein paar Abdrücke in der feuchten Erde, die ohne Zweifel von Hundepfoten stammten.

Ich ging in die Hocke und betastete hilflos die Spuren, so als könnten sie sich plötzlich in Luft auflösen. Dann fuhr ich mit einem Ruck vom Boden hoch.

„Schmuggel ist unschuldig, und ich kann es beweisen", verkündete ich. Aufgeregt hielt ich Noah beide Hände entgegen, als versteckte sich die Wahrheit zwischen meinen schmutzigen Fingern. „Gestern Abend habe ich sein Fell ordentlich getrocknet und ausgebürstet. Ich wette, so sieht es immer noch aus."

Noah ließ den Blick von meinen Händen zu meinen schlammigen Hosenbeinen wandern und öffnete den Mund, aber ich konnte nicht länger zuhören. Tief in meinem Inneren war ein unangenehmes Gefühl erwacht, ein nagender Zweifel, den ich so schnell wie möglich beseitigen wollte. Ohne auf Noahs Antwort zu warten, wirbelte ich herum und lief zurück ins Haus. Schmuggel war inzwischen munter geworden und stand an der Treppe, die Vorderpfoten auf der obersten Stufe.

Nasse, schmutzige Pfoten. Pfoten, die eindeutig im Freien herumgerannt waren.

Wie betäubt stieg ich die Treppe hinauf, während Schmuggel mir hechelnd entgegenschaute. Aus der Nähe erkannte ich sogar ein paar Klumpen Erde in seinem grauen Fell.

„Ich … ich glaub das einfach nicht“, stammelte ich.

„Bist du tatsächlich überrascht?“, kam es schneidend zurück. Erschrocken fuhr ich herum und sah Mrs Silverton im Erdgeschoss stehen. Kurz schaute sie durch die offene Haustür nach draußen, dann richtete sie ihre stahlgrauen Augen wieder auf mich. „Ich habe euch doch vor diesem Hund gewarnt“, fuhr sie fort. „Als Tierärztin lernt man eben, so etwas richtig einzuschätzen.“

„Hey, das ist doch alles keine große Sache“, meinte Noah, der soeben hereingekommen war. „Mein früherer Hund, Tucker, hat manchmal ähnlichen Mist gebaut. Zum Beispiel hat er immer am Teppich genagt, wenn er nicht allein bleiben wollte …“

„Dieser Hund war aber nicht allein“, entgegnete Mrs Silverton. „Er zeigt also ohne Grund aggressives Verhalten. Vielleicht wäre er in einem Zwinger besser aufge–“

„Er ist nicht aggressiv!“, platzte es aus mir heraus. „Und in einen Zwinger kommt er auf gar keinen Fall!“

Mrs Silverton schwieg einen Moment. Wahrscheinlich überlegte sie, ob sie Schmuggel auch *gegen* meinen Willen in einen Zwinger stecken konnte. Aber der Gedanke, einen aggressiven Riesenhund ohne Hilfe einzusperren, erschien ihr wohl nicht gerade verlockend.

„Also schön“, sagte sie schließlich kühl. „Ich gebe euch noch eine letzte Chance, ihn unter Kontrolle zu bringen. Aber wenn er noch einmal Schwierigkeiten macht, werde ich mir etwas überlegen müssen. Ich kann nämlich nicht zulassen, dass die arme Cleo bei ihrer Heimkehr alles in Schutt und Asche vorfindet!“ Mit diesen Worten zog sie den Morgenmantel eng um ihren Körper und marschierte zurück in Nanas Schlafzimmer.

Kaum war die Tür hinter ihr zugefallen, stürmte Noah die Treppe hinauf. „Du durchgeknalltes Vieh“, schimpfte er. „Was ist verdammt noch mal in dich gefahren?“

‚In mich? Wieso?‘ Fragend legte Schmuggel den Kopf schief, als könnte er sich die ganze Aufregung überhaupt nicht erklären.

„Jetzt tu doch nicht so unschuldig!“, rief ich, kniete mich auf den Boden und schaute Schmuggel eindringlich an. „Vor ein paar Wochen hast du es noch geschafft, einen wilden Feenhund zu bändigen! Wieso spielst du jetzt plötzlich selbst so verrückt?“

Schmuggel blinzelte stumm unter seinen langen Stirnfransen hervor, die Schlappohren leicht erhoben.

„Ist es, weil Nana fort ist?“, fragte ich weiter. „Oder weil du Mrs Silverton nicht leiden kannst?“

„Willkommen im Klub“, murmelte Noah, doch ich hielt die Augen weiterhin auf Schmuggel gerichtet. Aus irgendeinem Grund bildete ich mir ein, dass er mir etwas sagen wollte – oder vielleicht *wünschte* ich mir einfach nur, dass es so war. Aber zum ersten Mal hatte ich nicht die geringste Ahnung, wie ich seinen Blick deuten sollte.

12. KAPITEL

Die schlimmste Torte aller Zeiten

Das Gerücht von Schmuggels „aggressivem Verhalten“ sprach sich schnell herum. Noah und ich bekamen davon nichts mit, weil wir auf der Suche nach Meinsmeins wieder stundenlang vergeblich über die Hügel streiften. Als wir jedoch gegen Abend durchs Inselzentrum gingen, fühlten wir uns auf Schritt und Tritt beobachtet.

Dabei benahm Schmuggel sich genau wie immer. Er schlurfte mit hängenden Ohren neben uns her und wirkte vielleicht etwas miesepetrig, aber ansonsten vollkommen harmlos. Die Inselbewohner schienen allerdings anderer Meinung zu sein. Schon aus der Ferne sahen wir ein paar Leute, die vor dem Graham's Inn aufgeregt miteinander tuschelten.

Sobald wir in Hörweite kamen, verstummten sie.

„Hallo zusammen", sagte ich.

Zurück kam eine Mischung aus *Hmpf* und *Mhm* und *Tssss,* die man nicht einmal mit viel Fantasie als Gruß deuten konnte.

„Wie schön, euch alle hier zu treffen", ergänzte Noah extra freundlich. „Das findet ihr doch bestimmt auch, oder?"

Keiner der Inselbewohner schaute uns in die Augen. Ihre Blicke klebten förmlich an Schmuggel, der sich soeben ganz unschuldig hinter dem Ohr kratzte.

Kopfschüttelnd gingen wir weiter zur Bäckerei, doch nach ein paar Schritten tippte mir jemand von hinten auf die Schulter. Ich wandte mich um und sah Mrs Thompson, die verlegen eines ihrer weißen Löckchen zwischen den Fingern zwirbelte.

„Also", druckste sie herum, „ich, äh, wollte nur fragen, ob ihr auch immer gut auf die Tiere achtgebt. Es würde mir sehr leidtun, mein Kaninchen früher als geplant nach Hause holen zu müssen. Vor allem, weil die Pflegestation ja jetzt ein *Institut* ist und Doktor Silverton so eine tolle Ärztin. Aber um ehrlich zu sein, mache ich mir ein bisschen Sorgen."

„Und das zu Recht!" Plötzlich war Tratschtanten-Tilda neben der alten Dame aufgetaucht. „Denkt doch nur mal an seine scharfen Zähne", flüsterte sie. „*Ein* unvorsichtiger Moment, nur ein einziger Happs … mehr sag ich dazu nicht."

In diesem Moment platzte mir der Kragen. „Leute, das ist doch totaler Quatsch!", rief ich laut genug, dass mich auch die Inselbewohner vor dem Gasthaus hören konnten. „Ihr kennt Schmuggel jetzt schon seit mehreren Wochen und wisst genau, dass er keiner Fliege was zuleide tut!" Um meine Worte zu unterstreichen, kraulte ich Schmuggels Rücken und hoffte, dass er wenigstens kurz mit dem Schwanz wedeln würde. Aber er achtete gar nicht auf mich, sondern drehte den zotteligen Kopf in Mr Murphys Richtung und schnupperte aufmerksam, so als wollte er fragen: ‚Na, Kleiner, wie geht's?'

Mr Murphy fasste sein Interesse anscheinend als Bedrohung auf. Prompt gab er ein verzweifeltes Winseln von sich, und es klang fast, als riefe er um Hilfe.

„Habt ihr das gesehen?“, japste Tilda. „Mein Murphylein ist sehr feinfühlig, und wenn er *so* auf einen anderen Hund reagiert, dann … dann …“ Vor lauter Entsetzen versagte ihr die Stimme, und sie klappte nur noch stumm den Mund auf und zu, bis Mrs Thompson sich bei ihr einhakte. Ohne uns eines weiteren Blickes zu würdigen, gingen die Frauen samt Mops zum Graham’s Inn und wurden vom Tuschel-Grüppchen verschluckt.

Mit zusammengebissenen Zähnen starrte ich ihnen hinterher, während es in meinem Inneren vor Wut brodelte. Warum mussten die Inselbewohner bloß dermaßen übertreiben? Schmuggel war doch keine blutrünstige Bestie, nur weil er einmal für ein wenig Chaos gesorgt hatte! So ein Pech, dass Nana nicht hier war – ihr hätten Tilda und die anderen ganz sicher geglaubt.

„Komm“, sagte Noah und schob mich weiter, „wir holen jetzt Bonbons für die Kobolde und essen noch schnell was.“

Ich hatte überhaupt keinen Hunger, aber *wenn* sich meine Wut irgendwie dämpfen ließ, dann bestimmt mit einer von Kathleens Torten. Außerdem schafften es Kathleens Lächeln und der himmlische Duft in der Bäckerei jedes Mal, mich aufzumuntern.

Nur heute nicht.

Schon als ich durch die Tür trat, wusste ich, dass etwas faul war. Es roch überhaupt nicht, wie es sollte – also nach Kakaopulver, Vanillezucker und Sahne. Dabei waren diese Zutaten unverzichtbar für die Sonntagstorte.

Kathleen stand wie üblich hinter dem Tresen, aber sie lächelte nicht. Beim Klingeln des Türglöckchens richtete sie sich nervös auf, dann sagte sie: „Ach, ihr seid es. Kommt nur herein, ihr Lieben." Etwas hektisch wischte sie den Tresen ab, obwohl darauf nicht der kleinste Krümel zu sehen war. Auch sonst konnte ich weit und breit nichts Essbares entdecken.

„Ist keine Torte mehr da?!", fragte Noah, und es klang, als hätte er gefragt: *Geht die Welt jetzt unter?*

„Doch, natürlich!", sagte Kathleen. „Steht im Kühlschrank. Ungekühlte Lebensmittel sind Brutstätten für Keime."

Noah und mir fiel gleichzeitig die Kinnlade herunter.

Kathleens Bäckerei war der appetitlichste Ort der Welt. Hier auch nur an Keime zu *denken,* kam mir völlig verrückt vor.

Kathleen öffnete den Kühlschrank und zog etwas aus dem obersten Fach, das aussah wie ein bemooster Ziegelstein.

„Was ist das?", rutschte es mir uncharmant heraus.

Behutsam stellte Kathleen den grünlichen Ziegel vor uns ab. „Eine leichte Frischkäse-Torte mit Naturreis und Süßstoff", verkündete sie, „ohne Weizen oder Zucker. Für den Geschmack habe ich ein paar grüne Trauben hineingeschnippelt, natürlich welche mit Kernen. Ist ja das Gesündeste daran." Während sie sprach, schnitt sie zwei Scheiben ab (die Torte wabbelte dabei ein bisschen) und platzierte sie auf geblümten Tellern.

Ich wusste, dass Widerstand keinen Zweck hatte. Kathleen war normalerweise lieb und sanft, aber was ihre Backkünste betraf, legte man sich besser nicht mit ihr an. Also nahm ich ein Stück auf die Gabel (wabbel, wabbel) und schob es in den Mund.

Es schmeckte nicht schlecht. Auch nicht gut. Um ehrlich zu sein, schmeckte es nach gar nichts.

Zu meiner Überraschung war es Noah, der einigermaßen höfliche Worte fand. „Ich mag die Konsistenz“, behauptete er, nachdem er mit sichtlicher Mühe geschluckt hatte. „Also, wie sich das … Material im Mund anfühlt.“

Kathleen stieß einen erleichterten Seufzer aus. „Es schmilzt förmlich auf der Zunge, nicht wahr?“, fragte sie. „Wenn es euch schmeckt und ihr nicht mehr genügend Vorräte zu Hause habt, packe ich euch gern die restliche Torte ein! Ach, ich wünschte, ich könnte auch Cleo damit eine Freude machen …“

„Nicht nötig“, widersprach ich schnell, als mein erster Bissen endlich nach unten gerutscht war. „Wir sind gut versorgt, und Nana ebenfalls. Aber … was ist eigentlich mit deiner üblichen Sonntagstorte?“

„Ach, die backe ich doch schon seit fünfzehn Jahren jede Woche“, meinte Kathleen. „Genau wie all meine anderen Spezialitäten. Das war nicht nur ungesund, sondern auch langweilig. Schokolade, Sahne und Zucker sind total altmodisch, wusstet ihr das? Wir Inselbewohner haben leider oft keine Ahnung, wie wir auf Leute von außerhalb wirken.“

Da begriff ich endlich, was mit Kathleen passiert war. „Mrs Silverton“, murmelte ich düster.

Kathleen nickte, ohne auf meinen Tonfall zu achten.

„Ja, das Rezept stammt von ihr. Oder eigentlich von einer berühmten Bloggerin. Es gibt offenbar ganz wundervolle Anregungen für Diätkuchen im Internet, und die sind nicht nur für Allergiker empfehlenswert, wisst ihr?“

Darauf fiel mir beim besten Willen keine höfliche Antwort ein. Rezepte von berühmten Bloggern passten ebenso wenig zu Kathleens Bäckerei wie Süßstoff oder Gespräche über Keime.

Noah brachte die Heldentat zustande, nicht nur sein eigenes, sondern auch mein Tortenstück zu verdrücken, während ich Kathleen ungläubig anstarrte. Erwachsene waren echt seltsam! Sie durchschauten sofort, wenn man wegen Schulaufgaben schwindelte oder behauptete, der Schmutz auf dem Fußboden würde garantiert von anderen Gummistiefeln stammen. Doch wenn ihr Zuhause sich in einen furchtbar ungemütlichen Ort verwandelte, merkten sie es nicht. Ein Zahnpasta-Lächeln genügte anscheinend, um sie alle zu blenden.

13. KAPITEL

Monsteralarm

Die Kobolde waren nicht gerade begeistert, als wir ohne die versprochenen Bonbons bei ihnen ankamen.

„Ihr habt uns *gar* nichts mitgebracht?“, jammerte einer von ihnen, der beinahe so dick wie hoch war. „Nicht mal den kleinsten Früchtedrops? Keine süßen Himbeeren, keine Zitronenstückchen …“

„Obwohl wir doch so krank und schwach sind!“, winselte ein anderer in mitleiderregendem Ton.

„Ja, verdammt krank und schwach, ihr Pupsgesichter“, bestätigte ein Dritter, der im Mitleiderregen nicht ganz so begabt war.

„Wir haben etwas viel Besseres“, sagte Noah, während er seinen schwarzen Rucksack öffnete. „Nämlich Medizin für euch. So werdet ihr sicher bald gesund.“

„Bald gesund, alter Hund“, reimte der dritte Kobold.

Reflexartig drehte ich den Kopf, um nach Schmuggel Ausschau zu halten. Ich hatte ihn bei unserer Ankunft wie üblich von der Leine gelassen, aber jetzt packte mich das Gefühl, einen Fehler gemacht zu haben. Gleich darauf verwandelte sich diese Sorge in ein schlechtes Gewissen. Schmuggel trottete friedlich zwischen den Abteilungen herum, schnupperte hier und da und benahm sich insgesamt wie ein ganz normaler Hund.

Was er ja auch war.

Hör auf, dich so verrückt zu machen!, schimpfte ich in Gedanken mit mir selbst und begann, Essen und Medikamente an die Kobolde zu verteilen. Die kleinen Kerlchen hatten zum Glück bald genug vom Schmollen. Fröhlich gaben sie ein selbst gedichtetes Lied zum Besten, das davon handelte, wie unglaublich klug und gewitzt sie waren (und wie genial ihre selbst gedichteten Lieder).

Als sämtliche Kobolde satt und zufrieden in ihren Betten lagen, gingen wir weiter zur Meerjungfrauen-Abteilung. Ava und Alanna sollten heute in saubere Badewannen übersiedeln und freuten sich schon darauf. Um die Wannen zu füllen, schöpften Noah und ich frisches Salzwasser aus der Tunnelöffnung, die sich unter einer Falltür befand. Diese magische Verbindung mit dem Ozean hatten die Feen vor einigen Jahren erschaffen, damit kranke Meereswesen selbstständig auf die Pflegestation kommen konnten.

Gerade prüfte ich mit der Hand die Temperatur des Wassers, so wie Nana es immer tat, da stieg ein merkwürdiges Gefühl in mir hoch. Es war eine Mischung aus Kribbeln und Brennen, und ich ahnte plötzlich, dass gleich etwas passieren würde. Noch mit der Hand im Wasser erstarrte ich. Mein Herz schlug schneller, ich hielt den Atem an – da hörte ich Schmuggel knurren. Bevor ich reagieren konnte, gruben sich seine Zähne in meinen Ärmel, und ich wurde mit einem Ruck nach hinten gezerrt.

„NEIN!", brüllte Noah. „Lass sie sofort los!"

Scheppernd fiel ein Eimer um, Schritte polterten, dann hatte Noah uns erreicht.

Schmuggel starrte mich aus großen, dunklen Augen an,

ohne die Zähne von meinem Ärmel zu lösen. Erst als Noah sein Halsband packte, gab er mich frei.

„O Mann, Ruby“, keuchte Noah. „Hat er deinen Arm erwischt?“

Mechanisch schüttelte ich den Kopf, und nur mit Mühe gelang es mir, einen anständigen Satz zu bilden. „Nichts passiert. Das … Das war nicht das erste Mal, dass ein Tier nach mir geschnappt hat. Alles halb so wild.“

Aber noch während ich das sagte, dämmerte mir, dass es sehr wohl wild ausgesehen haben musste. Die beiden Meerjungfrauen saßen kreidebleich in ihren Wannen – na ja, eigentlich hatten sie eher einen grünlichen Farbstich angenommen. Stumm schauten sie zwischen uns hin und her, bis Noah Schmuggel zum Drachengehege zog.

Der Wolfshund ließ es einfach mit sich geschehen. Er beklagte sich auch nicht, als Noah die Gittertür schloss. Insgesamt wirkte er weder zornig noch ängstlich. Warum nur war er auf mich losgegangen?

„Komm, setz dich erst mal hin“, sagte Noah, nachdem er mich wieder erreicht hatte. Mit festem Griff umschloss er meine Finger, und ich stolperte neben ihm her bis zum künstlichen Friedhof, der sich auf der anderen Seite der Meerjungfrauen-Abteilung befand. Dort brachten wir normalerweise Todesfeen, Irrlichter, Ghule und ähnliche Wesen unter, die sich zwischen Moder und Nebelschwaden am wohlsten fühlten. Zurzeit stand die Abteilung allerdings leer, und ich ließ mich auf einen niedrigen Grabstein plumpsen.

Ohne zu zögern schob Noah meinen rechten Ärmel hoch. Schmuggels Zähne hatten meine Haut nicht berührt, doch Noah untersuchte mich trotzdem so genau, als wollte er selbst den kleinsten Kratzer aufspüren.

Ich verzog das Gesicht. „Der Arm ist noch dran, wie du siehst.“

„Brauchst du einen kalten Umschlag oder so was?“, fragte Noah.

„Nein, danke.“

„Eine Bluttransfusion?“

„Auch nicht.“

„Ein Bärenpflaster?“

Obwohl sich mein Herz noch immer nicht beruhigt hatte, musste ich grinsen. „Mir fehlt wirklich nichts, glaub mir. Kümmere dich lieber um die Meerjungfrauen, die sahen echt verängstigt aus.“

„Na schön.“ Noah legte mir kurz beide Hände auf die Schultern, wie um mir klarzumachen, dass ich noch ein wenig sitzen bleiben sollte. Dann ging er in die benachbarte Abteilung hinüber, und ich hörte ihn fragen: „Alles okay bei euch beiden?"

Seltsamerweise ließ die Reaktion der Meerjungfrauen auf sich warten. Ich hatte damit gerechnet, dass die quirligen Zwillinge aufgeregt durcheinanderquasseln würden, sobald sie sich von ihrem Schrecken erholt hatten. Doch es herrschte noch eine ganze Weile vollkommene Stille, ehe ein Flüstern ertönte.

Ein *Flüstern?* Von Ava und Alanna, die sich sonst dermaßen laut zankten, dass einem fast die Ohren abfielen?

Leise erhob ich mich und schlich bis zur Bretterwand.

„Was soll das heißen, ihr seid jetzt gesund?", hörte ich Noah ungläubig fragen. „Ich kann euren Ausschlag noch deutlich sehen!"

„Er juckt aber nicht mehr", kam es gewispert zurück. „Und außerdem … außerdem …"

„Außerdem fühlen wir uns hier nicht mehr wohl", ergänzte die andere Schwester. „Meerjungfrauen sind sehr sensible Wesen. Wir spüren, wenn etwas nicht in Ordnung ist."

„Und was sollte das sein?", wollte Noah wissen.

Die Antwort war so leise, dass ich sie kaum verstand.

Ein bisschen klang sie wie *Mir ist zu warm* oder *Hamster mit Charme* – doch als ich begriff, was die Meerjungfrau eigentlich gesagt hatte, hielt mich nichts mehr hinter der Bretterwand.

„Monsteralarm?!“, rief ich und sprang mitten zwischen die Badewannen. „Findet ihr nicht, dass ihr übertreibt?“

Die Meerjungfrauen zuckten zusammen. Erschrocken schauten sie mich an, dann schnellten sie plötzlich aus ihren Wannen und sausten durch die Luft wie Delfine. Für den Bruchteil einer Sekunde sah ich ihre Schuppen über mir in allen Regenbogenfarben glitzern, ehe sie im Tunnelwasser landeten. Es spritzte, und ich schützte instinktiv mein Gesicht.

Als ich die Hände wieder sinken ließ, waren Ava und Alanna verschwunden.

14. KAPITEL

Rätsel über Rätsel

Den Heimweg von der magischen Pflegestation legten wir schweigend zurück. Noah umklammerte die Leine so fest, als könnte Schmuggel sich jeden Augenblick losreißen. Allerdings wäre er auch dann nicht in der Lage gewesen, jemandem etwas anzutun. Er trug nämlich einen Maulkorb, den Nana vergangenes Jahr für ein Drachenjunges besorgt hatte. Schmuggel schien das Ding nicht weiter zu stören, aber ich fühlte jedes Mal einen Stich, wenn ich zu ihm hinüberschaute. Es sah einfach unnatürlich aus, fast so, als hätte man einer Meerjungfrau eiserne Ketten angelegt oder einen Kobold in einen Käfig gesteckt.

„Möchtest du, dass er heute Nacht bei mir in der Wäschekammer bleibt?“, schlug Noah zögernd vor, als wir zu Hause angekommen waren. Ich wusste genau, was diese Frage eigentlich zu bedeuten hatte: *Hast du Angst, mit Schmuggel allein zu sein?*

Schnell schüttelte ich den Kopf. „Er soll nicht jede Nacht woanders schlafen müssen“, sagte ich. „Vielleicht benimmt er sich ja nur so komisch, weil ihn die ständigen Änderungen verwirren? Tiere brauchen Routine, das sagt Nana auch immer. Wenn es dich beruhigt, binde ich ihn über Nacht fest, dann kann er gar nichts anstellen.“

Wie um mich selbst zu überzeugen, griff ich nach Schmuggels Leine. Noah gab sie nur widerwillig frei, und ich glaubte, seinen besorgten Blick zu spüren, während ich den Wolfshund in mein Zimmer führte.

Dort angekommen, legte Schmuggel sich gleich auf den Teppich und schaute friedlich hechelnd zu, wie ich mich bettfertig machte. Es war verrückt – so als wären er und der Hund, der mich vorhin am Arm gepackt hatte, zwei verschiedene Tiere. Erst, als ich ihn an meinen Schreibtisch band, sträubte Schmuggel sich ein wenig. Allerdings wirkte er dabei kein bisschen bedrohlich. Mit seinem leisen Winseln schien er vielmehr zu fragen: ‚Komm schon, ist das wirklich notwendig?!'

Leider wusste ich darauf selbst keine Antwort. „Morgen wird alles besser", sagte ich bloß, ehe ich das Licht ausknipste. Dabei versuchte ich, genauso optimistisch zu klingen, wie Nana es immer tat.

Schmuggel seufzte leise.

„Ich meine, das *muss* es doch", beharrte ich. „Es kann ja unmöglich noch schlimmer und rätselhafter werden, stimmt's?"

Diesmal war von Schmuggel kein Mucks zu hören, und ich glaubte, er wäre eingeschlafen. Erst später wurde mir klar, dass ich mich getäuscht hatte. Schmuggel war hellwach, und hätte er in diesem Moment mit mir sprechen können, dann hätte er vermutlich gesagt: ‚Du irrst dich, Mädel. Es wird noch viel rätselhafter!'

Leider hatte er aber keine Möglichkeit, mich zu warnen. Also rollte ich mich ahnungslos zusammen und merkte bald, wie mir die Augen zufielen.

Das Nächste, was ich spürte, war der Wind. Mit jeder Böe trieb er mir den Duft des Meeres in die Nase, während ich bergauf rannte. Der Hügel hinter Nanas Hof war steil, aber ich folgte nicht dem Pfad, der sich nach oben schlängelte. Stattdessen jagte ich zusammen mit dem Wind auf geradem Weg bis zur Kuppe. Es fiel mir überhaupt nicht schwer, ich fror auch nicht und hatte keine Angst vor der Schwärze der Nacht. Erst als ich oben angekommen war, begriff ich, dass ich nur träumte – und stellte mich darauf ein, dass es damit gleich vorbei sein würde. So war das ja immer bei Träumen: Kaum dämmerte einem, dass die tanzenden Nashörner mit rosa Gummistiefeln nicht echt waren, da wachte man auf. Ich spürte auch schon ein leichtes Kribbeln, als würde sich mein Körper aufs Wachwerden vorbereiten. Also setzte ich mich auf einen bemoosten Stein und wartete.

Und wartete. Und wartete.

Irritiert stellte ich fest, dass ich mich zum ersten Mal in einem Traum langweilte. Außerdem wurde mir jetzt doch kalt. Ich kniff mich fest in den Arm, aber die einzige Folge davon war, dass ich nun fror *und* Armschmerzen hatte. Na toll, warum musste ausgerechnet so ein blöder Traum extralange dauern? Vergangene Woche hatte ich geträumt, fliegen zu können, und ich hatte von Wolken genascht, die nach Zuckerwatte schmeckten. Da wäre etwas mehr Zeit bis zum Weckerklingeln schön gewesen.

Missmutig rappelte ich mich hoch und begann, zu Nanas Hof zurückzustapfen. Der Abstieg vom Hügel dauerte sehr viel länger als der Weg hinauf. Offensichtlich war jetzt auch meine Superkraft verflogen. Müde und bibbernd erreichte ich endlich das Haupthaus, schlich durch die Tür und weiter in mein Zimmer. Schmuggel begrüßte mich mit stürmischem Wedeln, was überhaupt nicht zu ihm passte. Wahrscheinlich träumte ich das, weil ich mir manchmal wünschte, er wäre ein klein wenig freundlicher. Ich wuschelte ihm durchs graue Fell, ließ mich erleichtert ins Bett fallen und zog mir die Decke über den Kopf.

Danach schlummerte ich friedlich weiter, bis ein Klopfen mich aus dem Schlaf riss. Als ich unter der Decke hervorlugte, sah ich, dass das Zimmer jetzt von goldenem Morgenlicht erhellt wurde.

„Ruby?“, hörte ich Noah von draußen rufen, dann öffnete er die Tür einen Spaltbreit. „Bist du endlich wach? Es ist höchste Zeit für Schmuggels Gassirunde!“

Schmuggel, der bisher wie ein riesiger Zottelteppich vor meinem Bett gelegen hatte, erhob sich langsam. Obwohl er diese Nacht gar nichts hatte anstellen können, wirkte er müde, und damit war er nicht der Einzige. Auch ich fühlte mich wie gerädert. Wahrscheinlich saß mir der Schreck des vergangenen Abends noch in den Knochen, aber das wollte ich mir nicht anmerken lassen.

„Ich brauche nur ein paar Minuten im Bad, dann machen wir uns auf den Weg, ja?", sagte ich, schnappte mir ein paar Klamotten aus dem Kleiderschrank und ging an Noah vorbei auf den Flur.

Keine Antwort. Ich wandte mich um und sah, dass Noah immer noch am selben Fleck stand. Nur den Kopf hatte er gedreht, als wollte er mich auf meinem Weg ins Badezimmer beobachten. Seine Miene kam mir seltsam vor – fragend, irritiert und ein ganz klein wenig verstört.

„Äh, also bis gleich", sagte ich und schlüpfte ins Badezimmer. Dort warf ich einen prüfenden Blick in den Spiegel. Was hatte Noah bloß? Daran, dass meine Haare morgens wie ein brennender Wischmopp aussahen, war er doch inzwischen gewöhnt. Und auch sonst konnte ich nichts Besonderes an mir entdecken. Ich trug einen ganz normalen Schlafanzug … mit ganz normalen, grinsenden Affengesichtern darauf.

Okay. Vielleicht war es an der Zeit, dieses leicht *affige* Kleidungsstück auszusortieren.

Kurz entschlossen zog ich den Reißverschluss meines Pyjamas auf (ja, um ehrlich zu sein, war es ein Einteiler) und stopfte die Grinseaffen tief in den Mülleimer, ohne sie noch eines Blickes zu würdigen. Dann schlüpfte ich in Jeans und einen grünen Pullover, putzte mir die Zähne und bändigte meine Mähne mit einem Haargummi. Jetzt sah ich wenigstens wie ein ordentlicher Wischmopp aus.

„Hey, wollen wir vielleicht zum Inselzentrum gehen und uns ein paar frische Scones holen?“, fragte ich möglichst lässig, als ich ins Erdgeschoss kam. Noah wartete mit Schmuggel an der Tür und schaute mich immer noch etwas merkwürdig an, obwohl ich nun affenfrei war.

„Nein, bloß nicht“, wehrte er ab. „Kathleen hat keine Scones gemacht, sondern milch- und zuckerfreie Haferkekse.“ Dann stockte er, als hätte er erst jetzt begriffen, was ihm da rausgerutscht war.

„Woher weißt du das?“, fragte ich und zog die Augenbrauen zusammen. „Bist du heute etwa schon im Zentrum gewesen?“

„Ich … ja.“ Seltsam fahrig wickelte Noah das Ende von Schmuggels Leine um sein Handgelenk und öffnete die Tür. „Ich bin früh aufgestanden, weil ich vergessen hatte, dass wir nicht mehr für die Pflegetiere zuständig sind. Du hast noch geschlafen, und ich wollte nicht alleine mit Mrs Silverton frühstücken, also bin ich schnell die Post holen gegangen. Bei der Gelegenheit hab ich einen Blick auf diese Kekse werfen können. Lohnt sich nicht, dafür heute ins Zentrum zu gehen, ehrlich. Die sahen aus wie Pappe."

„Oh." Enttäuscht schlüpfte ich in meine Gummistiefel und folgte Noah ins Freie. Es war ein typischer Inselsommertag, also eher kühl und windig, und der Boden war vom Regen ein wenig aufgeweicht. Während wir über den Hof gingen, fragte ich: „Hat dein Vater dir wieder Infoma-

terial zu einem Internat geschickt?“ Dabei versuchte ich, mich gegen eine neue schlechte Nachricht zu wappnen.

„Nein, von meinem Dad war diesmal nichts dabei“, sagte Noah, den Blick auf Schmuggel gerichtet. Ich atmete erleichtert auf – wenigstens *eine* Sache, um die ich mir fürs Erste keine Sorgen machen musste. Es genügte schon, dass von Meinsmeins immer noch jede Spur fehlte, obwohl wir auf unserem Spaziergang ständig die Augen nach ihr offen hielten.

Bei unserer Rückkehr trafen wir Mrs Silverton, die sich gerade an der Praxistür von Pfarrer Morland verabschiedete. Er hatte wieder seine beiden Katzen dabei, und genau wie beim letzten Mal lagen sie erstaunlich brav in ihren Transportboxen.

„Sie vollbringen wahre Wunder!“, rief Pfarrer Morland strahlend. „Noch nie waren Rory und Finn so ausgeglichen. Ich kann sie jetzt wieder problemlos in den Beichtstuhl mitnehmen!“

Mrs Silverton strahlte zurück, doch bei unserem Anblick schien ihr Lächeln zu gefrieren. „Kinder“, sagte sie streng, wobei sie es hartnäckig vermied, Schmuggel anzusehen. „Gut, dass ihr kommt. Ich muss ehrlich sagen, dass das Haus in einem furchtbaren Zustand ist. Stapelweise

Geschirr in der Küche, Schmutzwäsche im Badezimmer – ach, es ist leider so gar nicht wohnlich. Neben meinen vielen Pflichten in der Praxis und im PIWPIH habe ich aber keine Zeit mehr zum Putzen und Aufräumen. Ich wünschte, ihr könntet mir ein klein wenig zur Hand gehen ...“

„Ja, Kinder“, kam ihr Pfarrer Morland zu Hilfe. „Mrs Silverton leistet so großartige Arbeit, bitte unterstützt sie doch ein bisschen. Es ist ja zum Wohl der Tiere.“

Ich musste Noah gar nicht anschauen, um zu wissen, wie mühsam er sich einen Kommentar verbiss. Sein Zähneknirschen war kaum zu überhören. Natürlich räumten wir regelmäßig auf, aber anscheinend nicht so, dass es Mrs Silvertons Ansprüchen genügte. Nana hatte sich nie daran gestört, wenn ein paar Teller neben der Spüle standen oder ein getragener Pullover im Badezimmer hing.

Während der Pfarrer mich erwartungsvoll musterte, beschloss ich, einen kleinen Trick anzuwenden. „Wenn wir die Hausarbeit erledigt haben“, sagte ich mit einem braven Lächeln, „dann können wir Sie auch im Pi…, äh, in dem neuen Institut unterstützen.“

Mrs Silverton durchschaute mich sofort. „Nicht nötig, danke. Sobald im Haus Ordnung herrscht, dürft ihr spielen“, flötete sie, und Pfarrer Morland schien ganz begeistert von so viel Großzügigkeit. „Ach, ein Kind müsste man wieder sein“, seufzte er. „Nun denn, Frau Doktor, vielen Dank für Ihre neuerliche Hilfe.“ Damit schleppte er seine beiden Kater vom Hof, und Mrs Silverton brachte das Kunststück fertig, gleichzeitig nett zu winken und uns einen warnenden Blick zuzuwerfen. Also gingen wir wohl oder übel ins Haus und machten uns nach einem schnellen Frühstück an die Arbeit.

„Ich wasche dieses *unhygienische* Geschirr“, sagte Noah augenrollend.

„Dann mache ich das *keimverseuchte* Bad sauber“, entgegnete ich und ging die Treppe hinauf.

„Spare nicht an Putzmittel, meine Liebe!“, hörte ich Noah mit verstellter Stimme hinter mir herrufen.

Tatsächlich hatte Mrs Silverton während ihres kurzen Aufenthalts so viel geputzt, dass der Bad-Reiniger beinahe leer war. Zum Glück fiel mir ein, dass Nana auf ihrer letzten Einkaufsfahrt einen ganzen Karton gekauft hatte, der vermutlich bei Noah in der Wäschekammer lagerte. Ohne zu überlegen, öffnete ich die Tür am Ende des Flurs und schaute mich überrascht um. Oha! Mrs Silverton hätte an meiner Stelle ganz sicher einen Schreikrampf bekommen. Im Gegensatz zum restlichen Haus war die Kammer nämlich echt unordentlich: Das Bettzeug auf der Faltmatratze war zerwühlt, an der Hängelampe baumelten Noahs Kopfhörer, und schwarze Klamotten lagen überall verstreut auf dem Boden.

Wieso fiel mir in diesem Chaos ausgerechnet der Briefumschlag ins Auge? Keine Ahnung. Er lag auf einem Bücherstapel, und ich erkannte die große, schwungvolle Handschrift von Noahs Vater. Zögernd trat ich näher, während ich dachte: Der ist von letzter Woche, ganz bestimmt. Noah hat doch gesagt …

Dann sah ich den Posteingangsstempel, und mein Herz setzte einen Schlag aus. Dieser Brief war erst heute hier eingetroffen. Noah hatte mich belogen!

Vielleicht wäre danach alles ganz anders gekommen, wäre der Umschlag noch verschlossen gewesen. Einen fremden Brief zu öffnen, hätte ich mich garantiert nicht getraut. Aber so entdeckte ich schon im nächsten Moment die Broschüre, die neben dem Bücherstapel lag und ganz bestimmt aus dem Umschlag gerutscht war. Wie ferngesteuert griff ich danach und las: *SCHLOSS GREENWOOD AM SEE.*

Darunter sah man ein Gebäude mit Erkern und Türmchen, das von einer riesengroßen Parkanlage umgeben war.

Noch nie hatte ich etwas so Schönes gesehen und mich dabei so elend gefühlt. Mein Magen krampfte sich zusammen, während ich in der Broschüre blätterte. Die Schüler von Schloss Greenwood konnten frei wählen, welche Kurse sie besuchen wollten, zum Beispiel Fotografie, Theater oder Meeresbiologie. Es gab Werkstätten, einen Turnsaal mit Kletterwand, eine Reithalle, außerdem einen riesigen Pool und natürlich ein Schwimmteam, das täglich darin trainierte. Je mehr ich las, desto sicherer war ich mir, dass Schloss Greenwood das tollste Internat gleich nach Hogwarts sein musste. Und noch etwas wusste ich ganz genau: Noah hatte vor, dort hinzugehen. Nur deshalb hatte er sich heute Morgen so merkwürdig benommen – und er wäre ja auch verrückt, diesen Vorschlag seines Vaters abzulehnen. Was hatte Patch Island denn jetzt noch Tolles zu bieten?

Ein Wellness-Institut für Heimtiere, das wir nicht betreten durften.

Eine Mitbewohnerin, die uns ständig kontrollierte.

Eine Bäckerei, die ungenießbaren Kuchen verkaufte.

Inselbewohner, die unseren Hund für ein Monster hielten.

Und zur Krönung eine magische Pflegestation, die schon bald leer stehen würde, weil die Patienten Reißaus nahmen.

Während ich in Gedanken einen schrecklichen Punkt nach dem anderen abhakte, trommelte mein Herz immer stärker gegen meine Rippen. Ein Kribbeln und Brennen machte sich in meinem Körper breit, ich zitterte und atmete viel zu schnell.

Reiß dich zusammen!, sagte ich mir streng. Ja, hier herrscht das Chaos, und es ist schade, dass Noah geht. Trotzdem kannst du doch nicht so ausflippen!

Ich ballte die Fäuste und versuchte mit aller Kraft, mich zu beherrschen, aber es half kein bisschen. Dabei war eigentlich nicht *ich* diejenige, die ausflippte, sondern … das Zimmer. Alles schien sich um mich herum auszudehnen, die Wände rückten von mir ab, und die Möbel wuchsen. Gleichzeitig wurden die Farben blasser, wie auf einem Foto, das zu lange in der Sonne gelegen hatte. Auch meine Gedanken kamen mir immer undeutlicher vor. Bald fühlte ich mich so benebelt, dass ich kaum noch wusste, was ich in diesem Zimmer eigentlich zu suchen hatte.

Putzmittel!, erinnerte ich mich mühsam, dann konnte ich es plötzlich riechen – und wie! Die Kiste mit dem

Putzmittel musste ganz hinten im Wäscheschrank stehen, aber ihr Zitronenparfum war so stark, dass es mich fast umhaute.

Fast? Es haute mich tatsächlich um. Hilflos fiel ich auf die Knie und japste nach Luft, während die letzten Farben verschwanden. Von fern hörte ich Schmuggel bellen – so aufgeregt, wie ich es noch nie zuvor erlebt hatte. Dann wurde ich von Dunkelheit verschluckt.

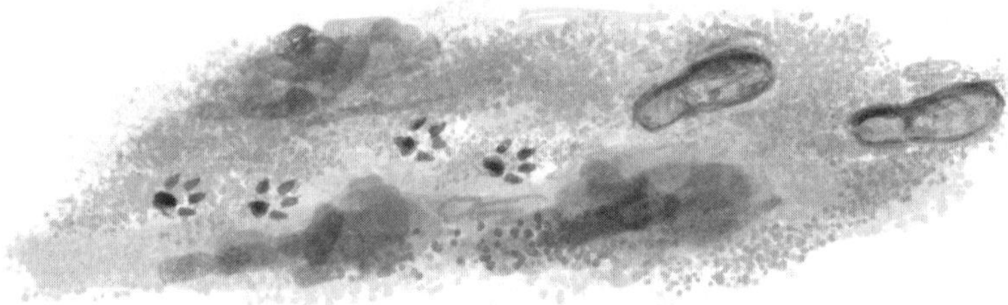

15. KAPITEL

Verräterische Spuren

Ruby?“

Jemand schüttelte mich leicht.

„Ruby, kannst du mich hören?“

Blöde Frage, natürlich hörte ich Noah. Wie es klang, war er nur wenige Zentimeter von mir entfernt. Ich konnte ihn auch ganz deutlich riechen: eine Duftmischung aus Küchenseife, Deospray und einem Pfefferminz-Kaugummi, den er wohl vor Kurzem im Mund gehabt hatte. Allerdings verflüchtigten sich diese Gerüche, so als würde Noah vor mir zurückweichen. Dabei spürte ich seine Hände immer noch auf meinen Schultern.

„Komm schon, mach endlich die Augen auf!"

Ich versuchte es, wurde aber so sehr geblendet, dass ich sie gleich wieder zusammenkneifen musste. Warum war es bloß derartig hell in Noahs Zimmer?

„Tut … tut mir leid, dass ich hier reingekommen bin", murmelte ich. „Eigentlich wollte ich eine Flasche Putzmittel holen, aber dann hat mein Kreislauf irgendwie –"

Meine Stimme erstarb, als ein kühler Luftzug über mich hinwegfuhr. Dann hörte ich den Ruf eines Vogels. Das Meer rauschte. Ein Grashalm kitzelte meine Hand …

Mit einem Aufschrei fuhr ich hoch und starrte Noah an. Seine Augen waren geweitet, so als würde er mein eigenes Entsetzen spiegeln.

„Was ist passiert?", flüsterte ich. „Wieso bin ich hier?"

Zitternd drehte ich den Kopf und ließ den Blick über die Wiese schweifen, die sich hinter Noah erstreckte. Natürlich kannte ich sie genau, so wie absolut jedes Fleckchen auf Patch Island. Sie gehörte zu Bauer Orins Weideflächen und war nur ein kleines Stück vom Nordstrand entfernt. Bei ihrem Anblick freute ich mich normalerweise darauf, die Fabelwesen wiederzusehen, doch jetzt kroch eisige Panik in mir hoch. Noah ließ mich auf seine Antwort warten. Eine gefühlte Ewigkeit musterte er mich, dann sagte er: „Bitte versuch, ganz ruhig zu bleiben."

„Wie soll ich ruhig bleiben, wenn ich keine Ahnung habe, wie ich hier gelandet bin?", stieß ich hervor. „Hast *du* mich hierhergebracht, Noah?" Im nächsten Moment entdeckte ich die große graue Gestalt, die sich hinter ihm zusammenkauerte. „Oder war es Schmuggel? Hat er mich etwa aus dem Haus gezerrt, während ich ohnmächtig war?!"

Noah presste kurz die Lippen zusammen, und ich konnte hören, dass er schluckte. „Nein, Ruby. Du bist ganz allein hierhergekommen." Wieder streckte er die Hände nach meinen Schultern aus, aber ich wich instinktiv zurück. „Unmöglich! Wie soll ich quer über die Insel gerannt sein, nachdem ich in der Wäschekammer zusammengebrochen bin?"

„Das ist es ja gerade." Noah hatte die Hände sinken lassen, aber er schaute mich so eindringlich an, dass ich seinen Blick wie ein Kribbeln auf meiner Haut zu spüren glaubte. „Was mit dir passiert ist, war kein Zusammenbruch – und es war auch nicht das erste Mal. Weißt du noch, wie dir gestern früh Schmuggels dreckige Pfoten aufgefallen sind? Die hast du als Beweis dafür genommen, dass er nachts draußen herumgelaufen ist. Aber nicht nur er hatte Schmutz an den Beinen, sondern auch du."

Heftig schüttelte ich den Kopf. Das ergab doch alles keinen Sinn! „Ich hatte mich auf den Boden gekniet, um die Abdrücke im Matsch zu untersuchen", erinnerte ich Noah.

„Stimmt nicht. Bei der ganzen Aufregung ist mir das selbst erst später klar geworden, aber du warst schon so schmutzig, als ich dich geweckt habe. Und heute Morgen … heute sind mir grüne Flecken hinten an deinem Schlafanzug aufgefallen, so als hättest du nachts eine Weile im feuchten Gras gesessen. Nachdem du ins Bad gegangen bist, habe ich auch ein Paar erdiger Socken neben deinem Bett gefunden."

Noah brach ab, als wollte er mir die Gelegenheit geben, zu widersprechen. Ich hätte ihm auch zu gerne erklärt, dass das alles völliger Blödsinn war, doch das konnte ich nicht. Meinen kindischen Schlafanzug hatte ich ja in den Mülleimer gestopft, ohne ihn noch einmal genau anzusehen. Ich erinnerte mich allerdings, dass ich mit dicken Wollsocken ins Bett gegangen war, und am Morgen hatte ich nackte Füße gehabt. Also musste ich die Socken im Halbschlaf ausgezogen haben, aber warum? Weil sie nass gewesen waren? Dann fiel mir plötzlich mein seltsamer Traum ein – das lange Sitzen und Warten auf dem Hügel …

Erschrocken schnappte ich nach Luft. „Soll das etwa heißen, dass ich schlafwandle?"

„Zuerst habe ich das geglaubt", sagte Noah langsam. „Aber jetzt weiß ich es besser."

Etwas an seinem Tonfall verursachte mir eine Gänsehaut. „Wie meinst du das?", fragte ich mit belegter Stimme.

Noah stand auf und ging ein paar Schritte bis zu dem

Weg, der an Bauer Orins Wiese vorbeiführte. Dort hatte sich in einer Mulde Regenwasser gesammelt, und der Boden rundherum war besonders schlammig.

„Siehst du?“, fragte Noah und deutete nach unten.

Ich näherte mich der Stelle so vorsichtig, als erwartete ich, aus der Pfütze von einem Seeungeheuer angegriffen zu werden. Dann blickte ich irritiert zu Noah hoch. „Klar sehe ich es. Das sind Abdrücke von Schmuggels Pfoten.“

„Nein. *Das* sind Abdrücke von Schmuggels Pfoten“, entgegnete Noah und führte Schmuggel einmal über die schlammige Stelle. Was dabei zurückblieb, sah in der Form genauso aus wie die älteren Spuren. Nur, dass Schmuggels Pfoten eindeutig größer waren.

„Okay“, antwortete ich schnell, „dann ist hier also ein anderer Hund entlanggelaufen. Das hat überhaupt nichts zu bedeuten.“

Aber noch während ich das sagte, fingen meine Beine an zu zittern. Schlagartig hatte ich begriffen, worauf Noah hinauswollte. Für die Dauer einiger Herzschläge versuchte ich noch, die Wahrheit von mir wegzuschieben, dann sah ich die *anderen* Spuren. Die, von denen die Hundefährte direkt abgelöst wurde, so als hätten sich die Pfoten ganz plötzlich verwandelt.

Es waren die Abdrücke eines Menschen.

„Ich konnte aus der Ferne alles sehen“, hörte ich Noahs Stimme undeutlich durch das Rauschen in meinen Ohren. „Erst war da ein Vierbeiner mit pechschwarzem Fell – im nächsten Moment bist du quer über den Weg gestolpert und auf der Wiese zusammengebrochen.“

„A-aber …“, stammelte ich, „das ist doch vollkommen –“

„Verrückt?“, ergänzte Noah. „Ruby, du weißt doch genau, was für verrückte, unglaubliche Dinge es gibt.“

Ich öffnete den Mund, brachte aber kein Wort mehr heraus. Wie zu Eis gefroren stand ich da, bis Noah nach meinem Arm griff.

„Komm. Erst mal musst du ins Warme.“

Er setzte sich in Bewegung, und ich lief auf wackligen Beinen neben ihm her. Auf dem Trampelpfad zum Nordstrand wäre ich um ein Haar gestolpert, doch Noah ließ mich nicht los. Obwohl er selbst geschockt aussah und sich seine Hand eiskalt anfühlte, brachte er mich sicher bis zur magischen Pflegestation.

Die Kobolde waren seltsam ruhig. Wenn wir sonst früher als gewohnt in den Schuppen kamen, bombardierten sie uns immer mit ihren Fragen (und manchmal auch mit Brotstückchen), aber jetzt lagen sie reglos in ihren Betten. Noch ehe ich daran dachte, wann sie sich das letzte Mal so benommen hatten, wurden wir von einer trällernden Stimme begrüßt. „Schön, dass ihr kommt. Ich hatte schon befürchtet, ich müsste auf euch warten, und das ist eine unwürdige Beschäftigung für eine Fee."

Ein Flattern war zu hören, dann landete Florabella direkt vor unseren Füßen. Inzwischen sah ich wieder klar genug, um zu erkennen, wie sehr sich die Fee seit vergangener Woche verändert hatte. Sie war nicht nur ihre Schnupfennase losgeworden, sondern trug auch ein neues magisches Kleid, das ganz und gar aus Wasser zu bestehen schien.

Noah zeigte sich davon jedoch kein bisschen beeindruckt. Wortlos zog er mich an Florabella vorbei in Richtung des leeren Drachengeheges. Die meisten Feen hätten sich geärgert, wenn ein Sterblicher sie so behandelte (und es war eine ganz dumme Idee, jemanden aus dem Feenvolk zu verärgern). Aber Florabella musste nach wie vor eine besondere Schwäche für Noah haben. Deshalb ließ sie nicht etwa zur Strafe Efeu aus seinen Nasenlöchern sprießen, sondern flog uns einfach neugierig hinterher.

Kaum waren wir im Drachengehege angekommen, sagte Noah überdeutlich: „Es herrsche Ruhe!“

Ich ahnte, warum er diese magische Formel benutzte. Eigentlich war sie dazu gedacht, weder Feuer noch Lärm durch die Gitterstäbe dringen zu lassen – ausgesprochen praktisch, wenn wir einen Drachen pflegen mussten. Nun aber verhinderte der Zauber, dass die Kobolde uns belauschten.

„Hör zu“, wandte sich Noah sofort an Florabella. „Wir könnten dringend deinen Rat gebrauchen. Ich meine, das Nasenspray hat doch gewirkt, oder? Vielleicht willst du dich dafür erkenntlich zeigen.“

Florabella tippte sich geziert mit dem Zeigefinger an die Unterlippe. „Mir ist, als hätte ich euch zum Dank bereits drei Prophezeiungen geschenkt“, flötete sie in diesem süßen und zugleich irgendwie bedrohlichen Tonfall, der typisch für Feen war. Normalerweise bekam ich davon eine Gänsehaut, aber jetzt fühlte ich mich wie betäubt. Fast, als wäre ich in eine dicke Schicht Watte gepackt.

Trotzdem konnte ich hören, wie Noah tief Luft holte. *„Bitte“*, stieß er dann zwischen zusammengebissenen Zähnen hervor.

„Na schön.“ Florabella flatterte zu einem Felsen, ließ sich darauf nieder und schlug die Beine übereinander. Der Rock ihres Kleides floss wie ein kleiner Wasserfall um sie herum. „Wenn du schon so reizend danach fragst, hübscher Knabe – wie kann ich dir denn helfen?“

„Es geht nicht um mich, sondern um Ruby.“ Noah schaute mich an, und zum ersten Mal sah ich, wie er um Worte rang. Dabei ließ er sich sonst durch nichts und niemanden einschüchtern. Hektisch verlagerte er das Gewicht von einem Bein auf das andere, dann sagte er schnell: „Also, sie hat die Gestalt gewechselt, und ich glaube, dass sie ein Werwolf ist.“

Einen Moment lang blieb es ganz still. Nur das leise Rauschen und Plätschern von Florabellas Kleid war zu hören, bis die Fee plötzlich in Gelächter ausbrach.

„Ein Werwolf!“, quietschte sie und klatschte in die Hände. „Mein lieber, törichter Junge. Hast du auf dem Weg hierher vielleicht irgendwo den Vollmond gesehen?“

„Nein, aber ich habe gesehen, wie sich ein schwarzes, hundeartiges Wesen in ein rothaariges Mädchen verwandelt hat“, entgegnete Noah gereizt.

Sofort hörte Florabella zu lachen auf, und ihre gelben Augen weiteten sich. „Ich habe es geahnt“, hauchte sie, den Blick strahlend auf mich gerichtet. „Im Feenvolk geht schon lange das Gerücht um, und bei unserer Begegnung letzte Woche konnte ich es ganz deutlich spüren. Beinahe hätte ich mich verplappert, als ich nur die Ärztin und den hübschen Knaben als *Menschlein* bezeichnet habe."

„Was hast du geahnt?" Auf einmal war die Watteschicht um mich herum verschwunden. „Jetzt sag schon! Wenn ich kein Mensch bin, was bin ich deiner Meinung nach sonst?!"

„Ein Pooka natürlich", sagte Florabella. „Ein Wandler, der die Gestalt von Tieren annehmen kann."

16. KAPITEL

Die Wahrheit kommt ans Licht

Ein … Pooka?", wiederholte Noah. Sein Blick flackerte zwischen mir und der Fee hin und her. „Davon hab ich noch nie gehört."

„Wieso wundert mich das nicht?", gab Florabella belustigt zurück. „Viele Menschen kennen nur den Werwolf, obwohl es jede Menge anderer Gestaltwandler gibt: Selkies, Kelpies, Werkatzen, Wechselbälger … Aber die mächtigsten Vertreter sind eindeutig die Pookas. Sie können die verschiedensten Tierformen annehmen, immer mit schwarzem Fell- oder Federkleid. Höchst interessante Geschöpfe! Leider ist mir schon jahrelang keiner mehr von ihnen begegnet." Damit wandte sie sich wieder zu mir, einen verzückten Ausdruck im Gesicht. Feen freuten sich über alles, was ihnen irgendwie besonders erschien. Kein Wunder, wenn man hundert oder gar tausend Jahre alt war und schon fast alles auf dieser Welt gesehen hatte.

Auch Noah war nicht entgangen, wie neugierig Florabella mich betrachtete. „Woran liegt es, dass du seit Jahren keinen Pooka mehr gesehen hast?", fragte er, und das Wort kam ihm nun schon viel leichter über die Lippen. Es war, als hätte die Fee ihn mit ihrer Faszination angesteckt, während ich mich immer noch so fühlte wie in einem völlig verrückten Traum.

„Nun, es gibt offenbar keine Pookas mehr in dieser Gegend", sagte Florabella und verbesserte sich schnell: „Also – *andere* Pookas. Vermutlich haben sie sich irgendwohin zurückgezogen. Muss ziemlich schwierig für sie gewesen sein, einen Platz zu finden, an dem sie nicht unerwünscht sind."

„Wieso das denn?", wollte Noah wissen, und seine Augen schienen meerblau zu leuchten. „Ich kapier nicht, wo das Problem liegt! Die können sich also in Tiere verwandeln – das ist doch einfach nur cool!“

„Ach, mein hübscher Knabe“, säuselte Florabella, „so einfach ist es auch wieder nicht. Grundsätzlich sind die meisten Gestaltwandler in der Lage, ihre Fähigkeiten im Zaum zu halten. Werwölfe natürlich nicht, aber die verlieren nur bei Vollmond die Kontrolle. Pookas hingegen kann das jederzeit passieren. Oft wird der Gestaltwechsel bei ihnen von heftigen negativen Gefühlen bewirkt, und besonders anfällig sind sie, wenn sie mit solchen Gefühlen zu Bett gehen. Dann kommt es vor, dass sie wie Schlafwandler in Tiergestalt umherlaufen und erst wieder menschlich werden, wenn sie richtig wach geworden sind.“

Sprachlos lauschte ich ihren Erklärungen, während sich meine Gedanken überschlugen. Heftige negative Gefühle – so wie mein Schreck, dass Noah aufs Internat gehen würde, oder meine Wut auf Mrs Silverton! Jetzt wurde mir auch bewusst, wie intensiv meine Träume in letzter Zeit gewesen waren. Anscheinend hatte ich mich dabei jedes Mal verwandelt, ohne es überhaupt zu bemerken!

„Naturkräfte können ebenfalls eine Verwandlung oder Rückverwandlung auslösen“, plauderte Florabella weiter.

„Sturm zum Beispiel, ein Gewitter, Feuer oder Meerwasser …“

„Meerwasser!“, schrie ich auf. *„Deswegen* hat Schmuggel mich also am Ärmel gepackt, als ich gestern die Meerjungfrauen-Wanne befüllt habe!“

„Kluges Hündchen“, lobte Florabella und zwinkerte Schmuggel zu, der sie nur misstrauisch anstarrte. „Wahrscheinlich hat er gespürt, dass du die Kontrolle verlierst, und wollte die Verwandlung stoppen. Es gibt nämlich eine besondere Verbindung zwischen Tieren und Pookas. Das wird dir sicher schon als kleines Kind aufgefallen sein, nicht wahr?“

Ich nickte stumm. Natürlich hatte ich mich manchmal gewundert, wie genau ich spüren konnte, was in einem Tier vor sich ging. Aber ich war der Meinung gewesen, das hätte mit meiner Tierliebe zu tun, nicht mit magischen Fähigkeiten.

„Wieso habe ich denn erst jetzt damit begonnen, mich zu verwandeln?“, fragte ich nach kurzem Überlegen. „Ich meine, wenn ich doch schon von Geburt an ein Pooka bin?“

Florabella ließ nachdenklich die Fingerspitzen durch ihren magischen Kleiderstoff gleiten, wobei ein feiner

Sprühregen entstand. „Hmmm“, machte sie, und es klang wie das Schnurren einer zufriedenen Katze. „Gut möglich, dass deine negativen Gefühle bisher nicht stark genug waren, um es auszulösen. Du scheinst ja bei der Menschenfrau sehr behütet aufgewachsen zu sein. Durch

deine Zufriedenheit waren die Kräfte vielleicht blockiert – man könnte auch sagen, du hattest Verwandlungsverstopfung.“ Ein glockenhelles Kichern perlte über ihre Lippen, ehe sie fortfuhr. „Nun wurde die Wandler-Fähigkeit offenbar geweckt, und sie hat mit aller Macht Besitz von dir ergriffen. Ich denke, du solltest dich darauf einstellen, dass sich dein Leben von jetzt an grundlegend verändert.“

Schmunzelnd neigte sie den Kopf zur Seite, und ihr Blick fraß sich regelrecht in mich hinein. Vielleicht hoffte sie ja, sie könnte gleich eine Verwandlung zu sehen bekommen, wenn ich komplett die Nerven verlor. Dicht dran war ich auf jeden Fall. Mein Herz pochte wild, und vor meinen Augen flimmerte es.

Wie elektrisiert zuckte ich zusammen, als Noah mich am Arm berührte. „Hey“, sagte er gedämpft. „Versuch, ganz ruhig weiterzuatmen, okay?“

Aber ich schaffte es kaum, ihm zuzuhören. „Ist dir klar, was das alles bedeutet?“, platzte es aus mir heraus. „Ich könnte von nun an in jeder brenzligen Situation unabsichtlich die Gestalt wechseln! Wie soll ich auf diese Weise Tiere und Fabelwesen retten? Ich muss die Wandler-Fähigkeit unbedingt wieder loswerden!“

„Loswerden?“, wiederholte Florabella, und es sah aus, als würde sie mich ein wenig bemitleiden. „Kleines, diese Kraft ist dein Erbe, sie liegt in deinem Blut. Du kannst sie nicht einfach ausknipsen, wenn sie dir nicht passt. Stattdessen musst du lernen, damit zu leben.“

„Aber –“, begann ich, doch meine Stimme brach weg. Ich konnte die Fee nur noch verzweifelt anschauen, während ich in Gedanken alles zusammenkratzte, was ich über Pookas wusste. Zwar hatten Nana und ich uns noch nie um solche Wesen gekümmert, aber ich erinnerte mich jetzt dunkel an ein paar uralte Geschichten über sie. Darin wurden sie meist als Bösewichte präsentiert, die in

Tiergestalt wild durch die Gegend rannten und Bauern zum Spaß die Felder zertrampelten. Jetzt dämmerte mir, dass die Pookas für diese Verwüstungen wohl gar nichts konnten. Vielleicht waren sie einfach sehr ängstlich oder wütend gewesen, sodass sie sich gegen ihren Willen verwandelt hatten – oder ihnen war all das sogar im Schlaf passiert.

„Brenzlige Situationen sind auch nicht das einzige Problem“, fügte ich heiser hinzu. „Wegen meiner Albträume habe ich in den letzten Nächten schon so viel Chaos veranstaltet, und wer weiß, was ich in Zukunft noch alles kaputt machen werde!“

Unbeeindruckt zuckte Florabella mit den Schultern, sodass ihre Flügel leicht hin und her wippten. „Wegen so etwas würde ich mir keine grauen Haare wachsen lassen“, zwitscherte sie. „Mit ein bisschen Magie ist alles ruck, zuck wiederhergestellt.“

„Menschen besitzen aber keine Magie!“, gab ich zurück. „Und sicher finden es auch nicht alle Fabelwesen angenehm, dass so eine unkontrollierbare Kraft in mir steckt!“

„Sie müssen es ja nicht erfahren“, sagte Noah, aber man sah ihm an, dass auch er sich jetzt Sorgen machte.

„Das kriegen sie bestimmt ganz schnell heraus!“, entgegnete ich. „Die Meerjungfrauen haben es sowieso schon durchschaut – und weißt du noch, was sie vor ihrer Flucht gesagt haben?“

Einen Moment lang hielt Noah meinem Blick stand, dann senkte er den Kopf. „Monsteralarm“, sagte er widerwillig.

Florabella rümpfte die Nase. „Ts, Meerjungfrauen! Die sind doch viel zu sensibel. *Oh, mein Lieblingsfisch hat mich böse angeschaut! Hilfe, ich habe schon seit Tagen keinen verliebten Seemann ins Meer plumpsen lassen! Was soll ich bloß tun, meine Schuppen glitzern weniger als sonst?*“ Die Fee schüttelte sich, dass ihr magischer Rock nur so spritzte. „Keine Sorge“, fügte sie hinzu, „die Meerjungfrauen werden schon zurückkommen!“

Aber das konnte ich mir einfach nicht vorstellen. Ich erinnerte mich ganz genau an das Entsetzen in Avas und Alannas Gesichtern, ehe sie Reißaus genommen hatten. Die Inselbewohner hielten Schmuggel für gefährlich, weil sie glaubten, *er* wäre an allem schuld – und wie es aussah, dachten die Meerjungfrauen dasselbe *über mich.*

17. KAPITEL

Gefährliche Experimente

In den dreizehneinhalb Jahren meines Lebens waren schon so manche Dinge passiert, die vieles für mich verändert hatten.

Zum Beispiel hatte ich kurz nach meinem vierten Geburtstag ein Gespräch zwischen Brenda und Tilda belauscht und dabei erfahren, dass ich ein Findelkind war. Nana hätte mir das eigentlich gerne verschwiegen, denn natürlich fragte ich mich von da an immer wieder, warum meine Eltern mich nicht bei sich haben wollten.

Eine andere, wenn auch viel schönere Enthüllung erlebte ich mit sechs, als Nana mich in das Geheimnis der magischen Pflegestation einweihte. Plötzlich traten Kobolde, Meerjungfrauen, Banshees, Selkies und zahllose andere Wesen in meine Welt, die ich zuvor nur aus Märchen gekannt hatte.

Als ich acht war, begegnete ich meinem ersten Drachen. Sein Feuerhusten kostete mich ein dickes Büschel meiner Haare.

Und dann, am Ende der Grundschulzeit, passierte noch etwas Entscheidendes: Meine beste Freundin zog mit ihrer Familie fort, genau wie meine anderen Mitschüler. Das machte mich zum einzigen Kind von Patch Island.

All diese Erlebnisse waren heftig gewesen, doch ich hatte dabei immer auf Nana zählen können. Wahrscheinlich stimmte Florabellas Verdacht, und ich war bisher einfach zu behütet aufgewachsen, um die Kontrolle zu verlieren. Nun aber fühlte ich mich so überwältigt und hilflos wie niemals zuvor. Auf dem Heimweg wechselten Noah und ich kein Wort, weil ich die ganze Zeit um Beherrschung kämpfte. Auf gar keinen Fall wollte ich mich erneut verwandeln! Leider musste ich trotzdem immer wieder daran denken, was Nana wohl in diesem Moment gesagt hätte. Es war immer ihr Wunsch gewesen, dass ich als fertig ausgebildete Ärztin ihren Platz einnahm. Wie sollte das jetzt noch funktionieren? Konnte ich Nana in Zukunft überhaupt eine Hilfe sein, wenn ich bloß für zusätzliches Chaos sorgte?

Ganz klar: Diese Sache gehörte zu den Dingen, über die ich mit meiner Großmutter nicht reden durfte. Die Liste der verbotenen Themen war vermutlich schon lang genug für ein Buch.

Zu Hause angekommen, rannte ich sofort in mein Zimmer, ließ mich auf mein Bett fallen und versteckte das Gesicht in meinen Armen. Zu meiner Erleichterung machte Noah keine Anstalten, mir zu folgen. Wahrscheinlich ahnte er, dass ich mich dringend beruhigen und meine Gedanken sortieren musste. Sie kamen mir so durcheinander vor wie lose Puzzleteile in einer Schachtel – und sosehr ich mich auch anstrengte, sie ließen sich einfach nicht zusammensetzen.

Ich hatte keine Ahnung, wie viel Zeit vergangen war, als Stimmen auf dem Flur laut wurden.

„An Ihrer Stelle würde ich da nicht reingehen“, sagte Noah direkt vor meiner Tür.

„Und wieso nicht, wenn ich fragen darf?“, kam es schneidend zurück.

„Weil … Ruby krank ist. Die muss schon den ganzen Tag kotz… äh, sich übergeben. Glauben Sie mir, das wollen Sie nicht sehen.“

Trotz dieser Ausrede war ich mir sicher, dass Mrs Silverton gleich in mein Zimmer platzen würde. Eine leidenschaftliche Ärztin fand Krankheiten wohl kaum abschreckend, sondern eher interessant, und als eine fürsorgliche Erwachsene musste man sich ja um ein krankes Kind kümmern!

Doch Mildred Silverton war offenbar keines von beidem. „Das hat mir gerade noch gefehlt“, stöhnte sie. „Aber kein Wunder, wenn sie sich so ungesund ernährt und dann auch noch ständig mit diesem unappetitlichen Hund durch die Gegend rennt. Wo steckt der übrigens?“

„In meinem Zimmer“, sagte Noah schnell. „Und da bleibt er auch, versprochen. Ruby war nur zu schwach, um auf ihn aufzupassen.“

„Oh, das klingt gar nicht gut“, meinte Mrs Silverton, und es wirkte fast, als würde sie sich nun doch Sorgen um mich machen. Dann aber fügte sie hinzu: „Ich bin ja so anfällig für Keime. Wer soll sich bloß um die kranken Tiere von Patch Island kümmern, wenn ich von einem grässlichen Virus ans Bett gefesselt werde?“

„Sie haben recht, das wäre eine absolute Katastrophe. Vielleicht sollten Sie lieber im Graham's Inn übernachten, bis Ruby wieder gesund ist? Das Zimmer, das Brenda für Sie hergerichtet hat, ist garantiert noch frei.“

„Gute Idee, mein Junge“, lobte Mrs Silverton. „Ja, ich ziehe gleich dorthin um. Natürlich muss ich mich darauf verlassen können, dass ihr hier keinen Unsinn anstellt, während ich weg bin.“

„Unsinn?“, fragte Noah unschuldig. „Wir? Niemals!“

Führte er etwas im Schilde? Es hörte sich ganz danach an, aber mir fehlte die Energie, um es herauszufinden. Mrs Silvertons Schritte entfernten sich, und ich hörte sie eine Weile in ihrem Zimmer rumoren. Dann verriet mir das Hämmern ihrer Absätze, dass sie das Haus verließ.

Auch Noah ging irgendwann nach draußen – vermutlich, um den Kobolden ihr Abendessen zu bringen. Erschöpft schloss ich die Augen und döste vielleicht sogar ein wenig vor mich hin … bis mit einem Krachen die Haustür aufflog.

„Ein Notfall!“, rief Noah aus dem Erdgeschoss. „Ruby, komm schnell!“

Seine Stimme klang so ernst, dass ich keine Sekunde zögerte. Egal, wie durcheinander ich war – ich würde trotzdem nicht einfach im Bett herumgammeln, wenn ein Tier meine Hilfe brauchte. Polternd lief ich die Treppe hinunter und gleich weiter in die Stube, wo Noah gerade einen Eimer abstellte. Als ich auf ihn zustürmte, trat er schnell davor, sodass ich den Inhalt nicht sehen konnte.

„Na endlich“, sagte er und deutete zur Küche. „Ich hab Brendas Auflauf von letzter Woche aus dem Tiefkühlfach genommen und für dich im Ofen aufgewärmt. Guten Appetit.“

Irritiert starrte ich ihn an. „Du hast gesagt, es gibt einen Notfall!“

„Den gibt es auch. Nämlich, dass du seit dem Frühstück nichts mehr gegessen hast, und es wird schon dunkel. Sobald der Auflauf weg ist, zeige ich dir, was ich mitgebracht habe.“ Noah pochte mit der Ferse leicht gegen den Eimer.

Jetzt packte mich doch die Neugier. War etwa ein Tier in dem Eimer? So schnell ich konnte, würgte ich im Stehen eine Portion des Auflaufs herunter. Dann stellte ich den Teller neben das Spülbecken (ein Glück, dass Mrs Silverton nicht hier war) und fragte: „Also, was hast du mitgebracht?“

Noah trat ohne ein Wort beiseite. Vorsichtig näherte ich mich dem Eimer, beugte mich darüber – und richtete mich empört wieder auf.

„Was soll der Quatsch? Da drin ist einfach nur stinknormales Wasser!“

„Fast“, sagte Noah und sah mich herausfordernd an. „Es ist Meerwasser.“

Ich brauchte einen Moment, um zu verstehen, was er damit sagen wollte. Dann keuchte ich fassungslos: „Du bist ja total verrückt! Wie kannst du auch nur daran *denken,* eine Verwandlung bei mir auszulösen? Ich könnte zu einer Giftschlange werden oder zu einem Grizzlybären! Oder ich schrumpfe einfach auf Ameisengröße und verschwinde in einer Ritze im Boden!“

„Das glaube ich nicht“, erwiderte Noah erstaunlich ruhig. „Weißt du, ich habe heute den ganzen Tag über diese Pooka-Sache nachgedacht. Schau dir mal die Kratzspuren an, die das Sofa abbekommen hat. Und erinnerst du dich noch an die Abdrücke im Matsch? Das sah alles ganz danach aus, als stammte es von Hundepfoten. Ich glaube, du hast dich einfach immer in das Tier verwandelt, das du als Vorbild in deiner Nähe hattest!“

Überrascht klappte ich den Mund auf. „Schmuggel?“

Wuff! Schmuggel hatte die Abwesenheit von Mrs Silverton genutzt, um seinen Lieblingsplatz vor dem Kamin zurückzuerobern, doch jetzt sprang er auf. Ungewohnt schwungvoll für seine Verhältnisse. Wollte er etwa auch, dass ich mich verwandelte?! Ich fand es immer noch unglaublich, dass Noah ein solches Experiment überhaupt vorschlug. Mit pochendem Herzen starrte ich in den Eimer, aus dem mir mein bleiches Spiegelbild entgegenblickte. Konnten meine roten Locken wirklich zu schwarzem Fell werden, meine Nase zu einer Schnauze und der Mund zu einem Maul voller spitzer Zähne? Allein die Vorstellung ließ mich schaudern.

Aber egal, was ich tat: Die nächste Verwandlung *würde* passieren, ob ich es wollte oder nicht. Spätestens dann, wenn ich mich besonders wütend oder traurig fühlte oder einfach nur schlief, konnte sich meine verborgene Kraft wieder selbstständig machen. War es da nicht das Beste, schon jetzt mehr darüber herauszufinden?

Ich machte einen tiefen Atemzug, dann schaute ich Noah so entschlossen wie möglich an. „Mrs Silverton kehrt heute ganz bestimmt nicht zurück?"

„Die setzt heute keinen Fuß mehr hier rein", versicherte Noah. „Darauf, dich als Keimschleuder auszugeben, hätten wir echt schon früher kommen können." Er ging vor dem Eimer in die Hocke und legte beide Hände um den Rand. „Ich hab zwar keine Ahnung, wie das funktioniert, aber tauch doch einfach mal die Arme ins Wasser. So, wie du es auch bei Avas Badewanne gemacht hast."

Mit weichen Knien setzte ich mich auf den Fußboden und schob die Ärmel meines Pullovers hoch. Innerlich zählte ich bis drei, dann senkte ich beide Hände ins Wasser. Die Kälte kribbelte wie feine Nadelstiche auf meiner Haut, ansonsten passierte erst mal nichts. Abgesehen davon, dass ich mir ein bisschen doof vorkam. Ich wollte gerade die Arme wieder aus dem Eimer ziehen – da wurde das Kribbeln plötzlich zu einem Brennen.

Meine Atmung beschleunigte sich, und ich schaute mich hektisch um. Sämtliche Möbel schienen zu wachsen! Gleich darauf wurde ich von einer Woge aus Gerüchen überrollt: Noahs Deo, Schmuggels Fell, das Feuer im Kamin und die Vorräte in der Küche dufteten so intensiv, dass meine anderen Sinne in den Hintergrund traten. Ich hörte kaum, wie Noah meinen Namen rief, und spürte auch die Kälte des Wassers nicht mehr. Zuletzt veränderten sich die Farben, sie wurden blasser, und ich nahm weder Rot- noch Grüntöne wahr.

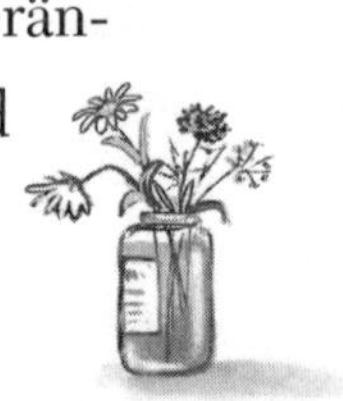

Dann wurde alles schwarz.

„Ist schon okay. Schon gut, Ruby, ganz ruhig!“

Ich kannte diese Stimme. Ich kannte auch den Namen. Aber woher um Himmels willen kam dieses schreckliche Geräusch?

„Platz, Schmuggel! Ich mach das. Alles gut.“

Ein Knurren, das war es – zornig und verzweifelt zugleich. Es brach erst ab, als ich von einem Spritzer Wasser im Nacken getroffen wurde. Auch die Duftwelle verflüchtigte sich. Das Letzte, was viel zu stark bei mir ankam, war der Geruch von Blut.

18. KAPITEL

Bisse und Geständnisse

Keuchend öffnete ich die Augen. Noahs Gesicht schwebte über mir, ein hellgraues Oval, das ich erst ein paar Sekunden später wieder in Farbe sehen konnte. Dicht daneben drängte sich Schmuggel, und beide starrten mich an.

„Hat es geklappt?“, fragte ich atemlos. Mit einem flauen Gefühl im Bauch stemmte ich mich hoch, während Noah und Schmuggel mich weiterhin beobachteten. Sie schienen darauf zu warten – oder sich davor zu fürchten –, dass noch irgendetwas mit mir geschah. Als ich aber nur zitternd auf dem Boden sitzen blieb, brach Noah endlich sein Schweigen.

„O Mann, ich glaub es nicht! Das war echt … also, echt krass!“ Kopfschüttelnd verstummte er wieder, und ich hätte ihm trotz meiner Aufregung beinahe eine Grimasse geschnitten. Das musste wohl eine typische Jungs-Reaktion sein: Gerade hatte ich vor seinen Augen die Gestalt gewechselt, und Noahs ganze Beschreibung lautete *„echt krass“*.

„Was genau ist denn passiert?“, fragte ich drängend, während ich die nassen Hände an meinem Pullover abwischte und mir mit dem Ärmel über den Nacken fuhr.

Noah holte tief Luft. „Also, es ging unheimlich schnell. Die Verwandlung hat nur wenige Sekunden gedauert, dann warst du schon bei der Haustür. Ich hab es einfach nicht geschafft, dich zurückzuhalten. Wahrscheinlich würdest du jetzt irgendwo draußen herumrennen, wenn Schmuggel nicht gewesen wäre. Er hat dich nicht vorbeigelassen, bis ich dich mit einer Handvoll Meerwasser bespritzen konnte. Zum Glück hat das gleich deine Rückverwandlung ausgelöst, du warst nämlich echt übel drauf.“

„Wie meinst du …“, begann ich – da erinnerte ich mich

plötzlich an das schreckliche Knurren. War *ich* das etwa gewesen? Hatte ich Noah und Schmuggel angeknurrt?

Noch bevor Noah etwas sagen konnte, schaute ich ihn von oben bis unten an – und zuckte zusammen. An Noahs Handgelenk leuchtete ein dunkelroter Fleck.

„Hab ich dich gebissen?!"

Schnell zog Noah die Hände zurück und versteckte sie in der Bauchtasche seines Hoodies. „Mach dir keinen Kopf, es tut gar nicht weh", erwiderte er, doch damit bestätigte er meine Befürchtung. Die Wunde stammte tatsächlich von mir! Entsetzt sprang ich auf und stürmte zu dem Schrank, in dem Nanas Notfall-Arzttasche stand. Während ich darin wühlte, kam Noah mir hinterher, die Hände beschwichtigend erhoben.

„Glaub mir, es war halb so wild", sagte er, aber seine Worte drangen kaum zu mir durch. Ich sah nur die Bissspur an seinem Arm und bildete mir ein, noch ein wenig Blut auf der Zunge schmecken zu können. Vor lauter Ekel krampfte sich mein Magen zusammen. Mit zitternden Fingern goss ich Desinfektionsmittel auf ein Stück Watte, betupfte damit die kleine Wunde und wickelte eine Mullbinde um das Handgelenk. Noah ließ es augenrollend über sich ergehen.

„Du bist doch gegen Tetanus geimpft, oder?", stammelte ich. „Wenn du Fieber bekommst, musst du unbedingt Bescheid geben. Auch, wenn die Stelle sich erhitzt oder rot wird oder sich sonst irgendwie ungewöhnlich verhält!"

„Du erfährst es als Erste, wenn mir ein Tentakel wächst, Ehrenwort." Noah schob die Hände wieder in seine Bauchtasche und beugte sich ein wenig vor, um mir in die Augen zu sehen. „Jetzt halt mal für eine Sekunde die Luft an, okay? Ich finde es weder schlimm, dass das passiert ist, noch besonders überraschend. Du warst eben in Panik und wusstest gar nicht, was du tust. Das ist ja alles noch ganz neu für dich, da würde jeder durchdrehen. Aber ich glaube nicht, dass du in Tiergestalt immer so sein musst! Ich meine – erinnerst du dich noch, wie Schmuggel uns zu Beginn aus dem Zwinger angeknurrt hat?"

Damit holte er mich schlagartig auf den Boden der Tatsachen zurück. Es stimmte: Direkt nach seiner Ankunft hatte Schmuggel auf alles und jeden feindselig reagiert. Mittlerweile konnte ich mir keinen entspannteren Hund vorstellen, doch anfangs war er verängstigt und überfordert gewesen. Vielleicht hätte er notfalls sogar nach jemandem geschnappt.

„Okay", sagte ich zaghaft. „Es … Es könnte sein, dass ich nicht ganz bei Sinnen war. Tiere verlassen sich in Ausnahmesituationen ja sehr stark auf ihren Instinkt. Vielleicht klappt es besser, wenn ich mich an all das schon etwas gewöhnt habe und insgesamt ruhiger bin."

„Ganz genau!" Noah breitete die Arme aus wie Pfarrer Morland, wenn der eine besonders leidenschaftliche Predigt hielt. „Du warst doch vor deinen Verwandlungen immer wütend oder verzweifelt, und dein Hunde-Ich hat diese Gefühle ausgelebt, ohne dass du es kontrollieren konntest. Beim ersten Mal warst du sauer auf Mrs Silverton und hast danach ihre Schuhe zerfetzt. Beim zweiten Mal warst du wütend, weil sie nicht besser auf Meinsmeins aufgepasst hat. Außerdem hast du dich natürlich geärgert, dass wir das ‚Institut' nicht betreten dürfen. Gestern Abend ist die Sache auf der magischen Pflegestation passiert, dir ist alles über den Kopf gewachsen, und du wolltest einfach nur davonlaufen – vor deinen Problemen, aber vielleicht auch ein bisschen vor Schmuggel. Du bist also jedes Mal mit negativen Gefühlen ins Bett gegangen, und deshalb warst du besonders anfällig für …"

Er stockte, die Augenbrauen leicht zusammengezogen. Nach ein paar Sekunden ließ er seine Arme sinken und schaute mich prüfend an. „Ruby, warum hast du dich heute beim Putzen eigentlich verwandelt? Du hast ja weder geschlafen noch waren Naturkräfte im Spiel … Was war da mit dir los?"

„Nichts", antwortete ich schnell. „Ich meine, nichts Besonderes. Ich war genervt von Mrs Silverton, weil sie uns zum Putzen verdonnert hatte. Das hat anscheinend genügt, um einen Gestaltwechsel auszulösen, obwohl ich wach war. Florabella hat ja gesagt, dass das passieren kann!" Mit fahrigen Bewegungen räumte ich Verbandszeug und Desinfektionsmittel in die Arzttasche, während Noah mich stirnrunzelnd beobachtete. Dann ging ich zurück in die Wohnstube und ließ mich aufs Sofa plumpsen, als wäre es ein ganz gewöhnlicher Abend. Noah kaufte mir meine Ausrede allerdings nicht ab.

„Die Schreckschraube hat sich schon viel Schlimmeres

geleistet, als uns ein bisschen herumzukommandieren", meinte er, während er sich neben mich setzte. „Das reicht doch nicht für heftige negative Gefühle! Oder … kann es sein, dass du wütend auf *mich* warst?"

„Ach Quatsch", sagte ich in gespielt lockerem Tonfall.

„Irgendwas hast du doch", beharrte Noah. „Ich weiß zwar, dass ich oft Mist baue, aber jetzt fällt mir wirklich nichts ein. Warum verrätst du mir nicht einfach, wo das Problem liegt?"

„Es gibt kein Problem!", rief ich lauter als beabsichtigt. „Überhaupt keins! Parkanlagen sind toll. Genauso wie gigantische Pools mit Schwimmteams oder Internate, die wahrhaftig wie ein Märchenschloss –" Erschrocken brach ich ab und biss mir auf die Unterlippe. Wieso konnte ich nicht ein einziges Mal in einer heiklen Situation die Klappe halten, anstatt wie eine Irre drauflloszuquasseln?

Noah schwieg einen Moment lang. Dann sagte er leise: „Du hast die Post von meinem Dad gefunden."

Es war eine Feststellung, keine Frage, also blieb ich stumm. Und versuchte, mich in Luft aufzulösen.

Seufzend stützte Noah die Arme auf seine Knie. „Hey, ich hatte ja vor, dir davon zu erzählen! Es ist nur so viel passiert, dass ich gar nicht mehr dazu gekommen bin. Außerdem wollte ich vorher mit meinem Dad telefonieren, und ich hab ihn erst am Nachmittag erreicht.“

„Bestimmt konnte dein Vater es kaum fassen“, erwiderte ich dumpf. Dabei stellte ich mir Mr Arons’ Freude vor, dass es ihm endlich gelungen war, seinen rebellischen Sohn von einem Internat zu überzeugen.

„Ja, allerdings“, bestätigte Noah, und ich senkte hastig den Kopf. Auf keinen Fall wollte ich mit ansehen, wie Noahs Augen beim Gedanken an Schloss Greenwood zu leuchten begannen. Deshalb starrte ich auf meine Knie, während er fortfuhr: „Er dachte wohl, ich würde nur Spaß machen mit meiner Entscheidung. Aber als er kapiert hatte, dass ich es ernst meine, hat er wie wild auf mich eingeredet. Er hat auch behauptet, Mom würde bestimmt nicht wollen, dass wir auf zwei verschiedenen Kontinenten leben. Dabei ist er sowieso ständig auf Reisen.“

Mein Kopf schnellte hoch. „Wie bitte?“

„Du weißt doch, dass mein Dad als Architekt ziemlich gefragt ist. Heute entwirft er einen Wolkenkratzer in Kalifornien, morgen vielleicht ein Einkaufszentrum in New York oder ein Hotel auf Hawaii …“

„Das meine ich nicht“, unterbrach ich ihn. „Was sollte

das mit den beiden Kontinenten? Das Internat ist doch auch in Amerika, oder?“

Jetzt schaute Noah genauso verwirrt wie ich. „Ruby, hast du seinen Brief überhaupt gelesen?“, fragte er langsam.

„Brief? Nein. Ich würde nie fremde Briefe lesen! Schlimm genug, dass ich die Broschüre angesehen habe, die danebenlag.“ Beschämt rutschte ich auf meinem Platz herum. „Jedenfalls sieht Schloss Greenwood echt super aus. Freut mich für dich, dass dein Vater endlich ein tolles Internat gefunden hat.“

Den letzten Satz brachte ich nur mühsam über die Lippen, und noch schwerer fiel es mir, dabei zu lächeln. Trotzdem zwang ich mich, weiterhin so unbeschwert wie möglich auszusehen, bis Noah stöhnend den Kopf gegen die Sofalehne fallen ließ.

„Oh, Ruby! Hättest du mal einen Blick in den Umschlag geworfen, dann hättest du lesen können, dass mein Dad dieses Internat nicht erst jetzt gefunden hat. Er bemüht sich schon seit letztem Montag, mich von Schloss Greenwood zu überzeugen, und diesmal hat er es eben mit einem langen Brief und einem Prospekt versucht.“

„Aber … Aber du hast doch gesagt, dass er bis jetzt noch nichts Gutes vorgeschlagen hat!“, sagte ich, viel zu durcheinander, um mir Hoffnungen zu machen.

„Hat er auch nicht.“ Noah zuckte mit den Achseln. „Jedenfalls nichts, was mir besser gefällt, als hierzubleiben.“

„Ist das dein Ernst? Auf den Fotos sieht Schloss Greenwood doch absolut fantastisch aus! Wieso um alles in der Welt möchtest du lieber auf Patch Island bleiben?“

„Dafür gibt es mehrere Gründe“, sagte Noah ausweichend.

„Und welche, bitte schön?“, bohrte ich weiter. „Das tägliche Regenwetter? Mrs Silvertons Schimpftiraden? Kathleens neuer Wabbel-Schwabbel-Kuchen?“

„Vor allem ein Grund, der gerade furchtbar schwer von Begriff ist. Okay?“

Einige Atemzüge lang herrschte vollkommene Stille. Mit offenem Mund saß ich da, während ich über Noahs Worte nachdachte. Wie es aussah, war ich tatsächlich schwer von Begriff.

Als ich endlich durchschaut hatte, was Noah meinte, begann mein Herz, sich äußerst merkwürdig zu benehmen. Anscheinend fand es, dass ich dringend eine Extraportion Blut in meinem Kopf gebrauchen konnte. Jedenfalls trommelte es mit doppelter Geschwindigkeit drauflos, bis meine Wangen knallheiß wurden.

„Verstehe", sagte ich so cool, wie es mit einer Glühbirne als Kopf eben ging. „Auf Schloss Greenwood gibt es wohl niemanden, der dein Katzenklo-Reinigungstalent so zu schätzen weiß wie ich."

Noahs Mundwinkel zuckten nach oben. „Ganz genau. Auch Koboldreime würde dort niemand mit mir erfinden, und auf gar keinen Fall treffe ich dort jemanden, der gleichzeitig Bonbons mampfen und dabei so schnell quasseln kann wie du."

„Das wäre natürlich ein schrecklicher Verlust", sagte ich, dann musste ich plötzlich ebenfalls grinsen. Vermutlich war das mein breitestes, ehrlichstes Grinsen, seit Mrs Silverton nach Patch Island gekommen war. Allerdings verblasste es gleich wieder, als Noah sagte: „Tja, leider hat Dad meine Argumente aber nicht gelten lassen."

„Glaubst du denn, dass du ihn noch irgendwie überreden kannst?"

Noah hob die Schultern. „Versuchen werde ich es jedenfalls. Ansonsten bleiben mir nur noch die restlichen Ferien, um das hier", er nickte zu dem Eimer voll Meerwasser hinüber, „mit dir zu trainieren. Aber keine Sorge, wir kriegen das hin.“ Auffordernd hielt er mir die geballte Faust entgegen, aber ich zögerte.

„Hey“, sagte Noah, „jetzt mach nicht so ein Gesicht! Denk lieber daran, dass alles noch schlimmer sein könnte.“

„Und zwar wie?“, fragte ich skeptisch.

„Zum Beispiel, wenn deine Verwandlungen weniger magisch und dafür ein bisschen … logischer wären.“

Ich starrte ihn an. „Was soll das heißen?“

„Na ja, deine Klamotten sind doch eigentlich kein Teil von dir. Stell dir mal vor, die wären nicht von dem Pooka-Zauber betroffen. Wenn du dich dann in ein Tier verwandelst, das deutlich größer oder kleiner ist als du, wärst du nach deiner Rückverwandlung natürlich splitter…“

Da beschloss ich, meine Faust doch gegen Noahs zu stoßen. Ganz schnell, bevor ich wieder rot werden konnte – und zur Strafe auch richtig fest.

19. KAPITEL

In neuer Gestalt

In dieser Nacht fand ich keinen Schlaf. Nicht nur aus Angst, ich könnte mich verwandeln – vor allem lag es daran, dass *Noah* diese Befürchtung gehabt hatte. Deshalb war er auf die Idee gekommen, sicherheitshalber in meinem Zimmer zu übernachten.

Nun lag er also eine Armlänge von mir entfernt auf seiner Faltmatratze, und ich konnte ihn gleichmäßig atmen hören. Leider wirkte das ganz und gar nicht beruhigend auf mich. Mit einem Jungen das Zimmer zu teilen, war ein ausgesprochen seltsames Gefühl. Nervös wälzte ich mich herum, erschrak über das Knarren meines Betts und hielt sofort wieder still.

„Noah?“, wisperte ich. „Bist du wach?“

Als Antwort kam nur ein verschlafenes Grummeln, dann atmete Noah ruhig weiter. Ein toller Aufpasser, wirklich. Ich hätte als schwarzer Elefant an ihm vorbeistampfen können, und er hätte es nicht einmal gemerkt.

Kaum hatte ich das gedacht, da regte sich etwas in der Dunkelheit. Allerdings war es nicht Noah, der sich jetzt langsam erhob. Krallen klackerten über den Holzboden, dann stützten sich zwei große Pfoten auf den Rand meiner Matratze. Durch das Fenster über meinem Bett fiel gerade genug Mondlicht herein, dass ich Schmuggels Gesicht erkennen konnte.

Verwundert schaute ich zu ihm hoch, und er erwiderte einen Moment lang reglos meinen Blick. Seine Ohren waren ein wenig aufgerichtet, das Maul geöffnet, und ich hörte ihn leise hecheln.

„Was möchtest du denn?“, fragte ich flüsternd. „Wieso bist du nicht auf deinem Lieblingsplatz?“

Da tat Schmuggel etwas, das ich nie im Leben von ihm erwartet hätte: Er legte sich vorne platt auf den Boden, reckte das Hinterteil in die Luft und wedelte mit dem Schwanz. Die Botschaft war eindeutig: ‚Komm spielen.'

Hätte ich ihn jetzt zum ersten Mal gesehen, wäre er mir wie ein fröhlicher Junghund vorgekommen. Staunend kroch ich aus dem Bett, schlich an Noah vorbei zur Tür und folgte Schmuggel die Treppe hinunter. Dort griff ich automatisch nach der Leine am Garderobenständer, aber Schmuggel schien gar keine Lust auf einen Spaziergang zu haben. Stattdessen lief er in die Stube, wo er an etwas zu scharren begann. Noch bevor ich das Licht eingeschaltet hatte, verriet mir der metallische Klang, was es war: der Eimer voll Meerwasser, der immer noch neben dem Sofa stand.

„Ich soll mich wieder verwandeln?", flüsterte ich. „Jetzt gleich?" Zögernd trat ich näher an den Eimer heran, während Schmuggel ununterbrochen mit Schnauze und Vorderpfoten dagegenstieß. Allein der Gedanke, wieder die Arme ins Wasser zu tauchen, ließ mein Herz flattern. Als ich tief in mich hineinhorchte, spürte ich einen winzigen Hauch von Neugier. Hatte Noah vielleicht recht, und die Verwandlung würde ganz anders ablaufen, wenn ich nicht ängstlich oder wütend war?

Während ich noch überlegte, riss Schmuggel offenbar der Geduldsfaden. Ohne Vorwarnung stemmte er sich gegen den Eimer, Wasser schwappte über den Rand und durchtränkte mein Hosenbein.

„Hey, was soll das –", begann ich zu schimpfen, aber weiter kam ich nicht. Mein Bein kribbelte, dann erwachte darin ein Brennen, das allmählich durch meinen ganzen Körper zog. Ich erkannte das Gefühl sofort. Auch diesmal schienen die Gerüche um mich herum stärker zu werden, so als hätte jemand einen Regler in meiner Nase auf die höchste Stufe gestellt. Jetzt würde ich gleich umkippen, das wusste ich. Allerdings hatte das nichts mit der Duftwoge zu tun, wie ich bisher geglaubt hatte. In Wirklichkeit veränderte mein Körper die Form, meine Beine schrumpften, und ich verlor das Gleichgewicht.

Als ich vornüberfiel, traf mein Blick auf meine Hände. Halb entsetzt, halb fasziniert verfolgte ich mit, wie sich meine Haut mit pechschwarzem Fell überzog. Die Finger formten sich zu kurzen Knubbeln, und aus den Nägeln wurden Krallen.

Alles ist gut, sagte ich mir, als die Farben verblassten, du wirst *nicht* ohnmächtig. Deine Augen nehmen die Welt jetzt nur anders wahr.

An diesen Gedanken klammerte ich mich wie an einen Rettungsring. Ich musste unbedingt dafür sorgen, dass wenigstens ein kleiner menschlicher Teil von mir weiterhin funktionierte. Als dann der Moment kam, in dem ich sonst bewusstlos geworden war, blieb ich tatsächlich wach.

Ich fühlte mich sogar wacher als je zuvor: aufgedreht, hibbelig und erstaunlich gut gelaunt. Die Tatsache, dass ich mich soeben *verwandelt* hatte, spielte gar keine Rolle mehr. Alles, was mich interessierte, war das Hier und Jetzt – und da erst begriff ich, wie sehr ich mich verändert hatte. Nun war ich nicht mehr Ruby, die ihre magischen Fähigkeiten noch etwas gruselig fand. Ich war einfach nur ein ausgelassener, junger Hund.

Neugierig begutachtete ich die Wohnstube, die mir noch nie zuvor so spannend erschienen war. Als sich eine Gardine in der Zugluft bauschte, fühlte ich mich wie elektrisiert. Dann knusperte ein Holzwurm an einem der Deckenbalken, und ich spitzte hingerissen die Ohren. Aber am tollsten fand ich eindeutig den Duft nach … oh, keine Ahnung, wonach. Irgendwie roch es vertrauenswürdig und Respekt einflößend zugleich, sodass ich automatisch zu wedeln begann.

Jawohl, ich wedelte – das Wackeln am Ende meiner

Wirbelsäule konnte ich ganz deutlich spüren. Als ich den Kopf drehte, sah ich auch einen buschigen schwarzen Schwanz. *Cool!* Ohne zu überlegen, reckte ich mich noch weiter nach hinten und versuchte, nach dem Puschel zu schnappen, aber er wich vor mir zurück. Ich drehte mich weiter, der Puschel ebenfalls. Das machte solchen Spaß! Hechelnd vor Begeisterung wirbelte ich im Kreis, immer schneller und schneller, bis jemand in meiner Nähe ein Grummeln ausstieß.

Wie angewurzelt blieb ich stehen. Herrje, ich hatte Schmuggel vollkommen vergessen! Schlagartig wurde mir bewusst, dass *er* diesen besonderen Duft verströmte. Während er auf mich zukam, senkte ich instinktiv die Ohren und meinen Puschelschwanz. Anscheinend fand ich den mürrischen Kerl in meiner Hundegestalt weder süß noch witzig, sondern bewundernswert. Ich konnte auch gar nicht anders, als zu ihm aufzublicken, denn er war ein ganzes Stück größer als ich. Mit hoch erhobenem Kopf blieb er vor mir stehen, zog missbilligend die Nase kraus und sträubte das Fell. Dann sagte er: „Kleine, jetzt reiß dich mal zusammen."

Vor Schreck entfuhr mir ein kurzes Jaulen. Fassungslos schaute ich Schmuggel an, der meinen Blick starr erwiderte. Nur langsam dämmerte mir, dass er natürlich nichts *gesagt* hatte, jedenfalls nicht auf menschliche Weise. Doch anders als früher hatte ich mir seine Worte nicht bloß ausgedacht, indem ich seine Mimik und Körperhaltung zu deuten versuchte. Ich wusste einfach, was er mir mitteilen wollte – fast so, als hörte ich seine Stimme in meinem Kopf.

‚Hast du gerade mit mir gesprochen?', dachte ich in Schmuggels Richtung, ohne damit zu rechnen, dass die Botschaft wirklich ankam.

‚Hast du dich gerade wie ein durchgedrehter Welpe benommen, der seinen eigenen Schwanz fangen will?', gab Schmuggel zurück.

Freude sprudelte in mir hoch wie Wasser in einem Springbrunnen. Ich konnte mich tatsächlich mit ihm unterhalten! Schon in Menschengestalt wäre ich darüber vor Begeisterung bestimmt fast ausgeflippt, doch nun gab es für mich kein Halten mehr. Anscheinend nahm ich als Hund nicht nur Gerüche um ein Vielfaches stärker wahr, sondern auch Gefühle. Wie von selbst begannen meine Pfoten zu rennen, ich stürmte kreuz und quer durch die Stube und wedelte dabei so heftig, dass ich ins Taumeln geriet. Es hätte nicht viel gefehlt, und mein Schwanz hätte mich in die Luft gehoben wie ein Propeller.

‚Genug!', dröhnte Schmuggels Stimme durch meine Gedanken. Fiepend hielt ich inne und drehte mich zu ihm. Ganz offensichtlich fand er mich gerade unfassbar peinlich.

‚Wenn du so weitermachst, wirst du komplett zum Hund und hast nachher wieder alles vergessen. Oder – du hinterlässt eine Pfütze auf dem Fußboden', warnte er mich.

Mit einer Mischung aus Scham und Protest klappte ich die Ohren nach hinten. ‚Hey, ich finde das eben wahnsinnig toll! Schon mein ganzes Leben hab ich mir gewünscht, mit Tieren sprechen zu können, und jetzt ist dieser Wunsch endlich in Erfüllung gegangen!'

Wäre Schmuggel ein Mensch gewesen, hätte er wohl die Augen verdreht. ‚Ja, großartig', brummte er. ‚Nur leider warst du in den letzten Nächten trotzdem nicht dazu bereit, mir zuzuhören.'

Mühsam unterdrückte ich den Wunsch, noch ein paar Runden um den Couchtisch zu drehen, und setzte mich hin. ‚Was soll das heißen? Und wie hast du das eigentlich gemeint, ich könnte nachher alles wieder vergessen haben?', fragte ich, während mein Schwanz unablässig auf den Boden klopfte.

Auch Schmuggel sank jetzt in sich zusammen, einen

frustrierten Ausdruck im Gesicht. ‚Tja, anders als du weiß ich schon seit Tagen, was mit dir los ist. Bei deiner ersten Verwandlung bin ich zwar nicht aufgewacht, aber ich konnte am nächsten Morgen eindeutig riechen, dass *du* die Schuhe und Sofakissen zerfetzt hast. Also habe ich beschlossen, in der folgenden Nacht wachsam zu bleiben. Das hat allerdings nicht viel genützt, als du ein aufgebrachtes Fellknäuel warst, das unbedingt den Hof verwüsten musste.‘

Tief in meinem Inneren spürte ich einen Stich. Also hatte Schmuggel die ganze Zeit auf mich aufgepasst, und dann hatten wir ihn wegen seiner erdigen Pfoten auch noch falsch verdächtigt! ‚Tut mir leid‘, murmelte ich – ja, irgendwie klappte es, in Gedanken zu murmeln. Außerdem leckte ich mir automatisch die Nase, blinzelte und musste sogar gähnen. Mein kleinlautes Hunde-Ich verhielt sich ganz anders, als ich es in Menschengestalt getan hätte.

Schmuggel wirkte danach jedenfalls ein wenig besänftigt. ‚Schon gut‘, meinte er, ‚du kannst nichts dafür. Muss sich wohl echt heftig anfühlen, wenn man von einem Zweibeiner zu einem Vierbeiner wird. Auch, wenn das natürlich eine Verbesserung ist.‘ Er zuckte mit den Ohren, und ich war mir sicher, dass er mir auf Hundeart zugeblinzelt hatte.

‚Aber', fuhr er dann wieder ernster fort, ‚in Anbetracht der Umstände war es leider ziemlich lästig, dass man nicht vernünftig mit dir reden konnte. Und das, obwohl du endlich die Fähigkeit gehabt hättest, mich zu verstehen! In der Nacht darauf, als du wie irre aus dem Haus gerannt bist, war ich noch dazu festgebunden. Da gab es erst recht keine Möglichkeit für ein Gespräch.'

‚In Anbetracht der Umstände?', wiederholte ich, während ich an meiner Pfote zu knabbern begann. Es fiel mir jetzt immer schwerer, konzentriert zuzuhören. Mein Bewegungsdrang war einfach zu stark, und gleichzeitig wünschte ich mir sehnlich, irgendwo hineinbeißen zu können. ‚Welche Umstände sollen das sein? Worüber wolltest du mit mir sprechen? Und glaubst du, Mrs Silverton hat einen ihrer Schuhe hiergelassen?'

Schmuggel stieß einen tiefen Seufzer aus. ‚Weißt du was, Kleine, komm einfach mit.'

Er trottete zur Haustür, und ich lief ohne zu zögern hinterher. Verschwommen dachte ich zwar daran, dass Noah immer noch ahnungslos in meinem Zimmer lag, aber da-

rauf konnte ich jetzt keine Rücksicht nehmen. Ich witterte nämlich eine absolut herrliche Duftmischung durch die Tür: nasses Gras, salzigen Wind, herumwuselnde kleine Wesen … kurz gesagt, die nächtliche Draußenwelt. Und ich *liebte* die Draußenwelt! Aufgeregt hechelnd beobachtete ich, wie Schmuggel mit der Vorderpfote die Klinke hinunterdrückte. Es sah sehr geschickt aus, aber mir wurde klar, dass ich diesen Trick ebenfalls beherrschte. Schließlich war ich schon mehrmals in Hundegestalt ausgebüxt.

Als die Tür sich öffnete, war die Erinnerung an diese

Ausflüge plötzlich wieder da. Auf einmal wusste ich, wie es sich angefühlt hatte, als Hund über Wiesen und Hügel zu laufen. Ich hatte weder Kälte noch Erschöpfung gespürt, nur unendliche, überwältigende Freiheit.

Gierig sog ich die Nachtluft ein, während Schmuggel ein warnendes Knurren von sich gab. Dann verlor ich die Beherrschung und stürmte los.

20. KAPITEL

Durch die Nacht

Noch nie zuvor war ich so schnell gerannt. Meine Pfoten trommelten auf den Boden, und meine Ohren flatterten im Wind – genau wie meine Zunge, die mir schätzungsweise einen Meter weit aus dem Maul hing. Obwohl ich auch in meiner Hundegestalt irgendwann aus der Puste geriet, blieb ich nicht stehen. Ausgelassen jagte ich durch Tausende Düfte, die um mich herumwirbelten wie Konfetti. Oh, wie herrlich dieser Maulwurfshügel roch! Und erst die vielen Fußspuren, die zum Hafen führten! Ganz besonders zog mich eine Stelle im Gras an, die eigentlich recht harmlos aussah. Winselnd vor Freude stürzte ich darauf zu, um mich mitten in den Duft zu werfen, da wurde ich von einer riesigen Gestalt überholt.

‚Stopp!', blaffte Schmuggel mich an.

‚Komm schon', hechelte ich und tänzelte auf der Stelle, „lass mich, bitte, bitte, ich will doch nur –'

‚Ein schönes Kacke-Bad nehmen, ja?', ergänzte Schmuggel trocken.

Verdutzt hielt ich inne und blickte auf das dunkle Häufchen, in dem ich mich hatte wälzen wollen. Meine Hundeaugen funktionierten im Finstern so gut, dass ich den Schafsmist jetzt ganz genau erkennen konnte.

‚Ich weiß nicht, was mit mir los ist', stammelte ich. ‚Irgendwie fand ich das so … faszinierend!'

‚Ist es auch', räumte Schmuggel ein, ‚aber nicht für Menschen. Wo unsereins eine Million Duftspuren erschnuppern kann, fällt einem Zweibeiner nicht mehr ein als: *Pfui! Aus!*' Er schnaubte abfällig. ‚Trotzdem musst du dich jetzt darauf konzentrieren, wenigstens teilweise menschlich zu bleiben, alles klar? Sonst gerätst du außer Kontrolle und kannst mir schon wieder nicht helfen.'

Verlegen senkte ich den Kopf und tappte von da an brav hinter Schmuggel her, der den Weg zum Südstrand eingeschlagen hatte. Auch dort gab es jede Menge aufregender Gerüche, aber ich riss mich mit aller Kraft zusammen. Auch im Sand buddelte ich nicht, obwohl ich riesengroße Lust dazu gehabt hätte. Als Schmuggel hinter einem Felsen in Deckung ging, nahm ich einfach neben ihm Platz.

Allerdings war sowohl meine Hunde- als auch meine Menschenhälfte schrecklich neugierig. ‚Und was machen wir jetzt?', fragte ich.

‚Warten. Wenn ich die Fährten richtig deute, kommen sie jeden Abend hierher.' Schmuggel bettete den Kopf auf seine Pfoten, und einen Moment lang glaubte ich, er wäre

eingedöst. Dann aber richtete er sich unvermittelt auf, die Ohren leicht erhoben. Mit etwas Verzögerung witterte auch ich das blumige Parfum einer Menschenfrau und den Duft eines freundlichen, ungefährlichen Artgenossen. Als die beiden näher kamen, bemerkte ich noch einen anderen Geruch. Er war nicht direkt schlecht, aber ungefähr so, als hätte man beim Kochen den falschen Gewürzstreuer erwischt und eine Prise von irgendetwas hinzugefügt, das *überhaupt* nicht zum Rest passte.

Noch ehe ich Schmuggel danach fragen konnte, ertönte eine hohe Stimme. „Nun lauf schon, mein Liebling. Du weißt genau, dass Cleo dir viel Bewegung verordnet hat. Das ist vielleicht eine gute Ergänzung zu Doktor Silvertons Methode, weißt du?“

Tratschtanten-Tilda lief am Felsen vorbei, ohne uns zu bemerken. Wie in der Nacht der Walrettung trug sie mehrere weite Strickjacken übereinander und erinnerte dadurch ein wenig an eine Fledermaus. In süßem Tonfall redete sie weiter auf ihren Mops ein, doch Mr Murphy bewegte sich nur wie in Zeitlupe, sodass der Abstand zwischen den beiden immer größer wurde. Erstaunlicherweise blieb er auch dann so träge, als Tilda sich in den Sand hockte und eine Tüte Hunde-Leckerchen aus einer ihrer vielen Jackentaschen hervorzauberte. Bei dem Geruch nach Trockenfleisch floss mir das Wasser im Maul zusammen. Nur mühsam konnte ich mich beherrschen, während Tilda bettelte: „Mein Süßer, komm doch. Du warst tagelang so brav, da kannst du dir auch mal eine Ausnahme erlauben. Komm, Murphylein, Fressi-Fressi!"

Mr Murphy setzte sich einfach hin und ließ den runden Kopf hängen. ‚Kein … Fressi-Fressi', hörte ich ihn sagen, und es kam mir so vor, als würde seine quäkige Stimme ein wenig zittern.

Da hielt ich es nicht mehr länger hinter dem Felsen aus. Tilda würde mich im Finstern und auf die Entfernung sowieso kaum sehen können, und Mr Murphy hatte Schmuggel und mich bestimmt längst gewittert. Seltsam, dass er gar nicht auf uns reagierte.

‚Wie bitte? Du sagst doch nie zu einem Leckerchen Nein!', protestierte ich. ‚Was ist denn mit dir los?'

Mr Murphy schien sich nicht zu wundern, wer ich war und was ich eigentlich von ihm wollte. Schlaff blieb er im Sand hocken, und sein kleines Gesicht wirkte noch zerknautschter als sonst. ‚Weiß nich', nuschelte er. ‚Mag nich.'

‚So ist er schon seit Tagen', erklärte Schmuggel, der ebenfalls hinter dem Felsen hervorgetreten war. ‚Einmal habe ich ihn gefragt, ob es ein Problem gibt, da kam von ihm nur ein Winseln. Deshalb dachte seine Zweibeinerin, ich hätte ihn bedroht.'

‚Stimmt leider.' Ich erinnerte mich daran, wie Tilda bei unserem Besuch im Inselzentrum vor Schmuggel zurückgeschreckt war. ‚Sie denkt auch, Mr Murphy würde es momentan besser gehen als je zuvor.'

Tatsächlich musste der Mops für Menschenaugen rundum entspannt und normal wirken, höchstens ein wenig fauler als sonst. Aber ich konnte jetzt ganz deutlich riechen, dass irgendetwas mit ihm nicht stimmte. Außerdem hörte ich ihn immer noch leise vor sich hin wimmern: ‚Mag … nich … Mag … nich …'

Ich hatte sogar den Eindruck, er würde ein wenig lallen. Unwillkürlich legte ich die Ohren an, während ich Mr Murphy besorgt musterte.

‚Klingt ganz schön hohl, nicht wahr?', kommentierte jemand. ‚Sogar für einen Hund.'

Ein weißgraues Wesen hüpfte auf den Felsen, und vor Schreck hätte ich beinahe gebellt. Dann aber erkannte ich, um wen es sich handelte, und mein Puschelschwanz fing an zu rotieren.

‚Meinsmeins!', japste ich. ‚Da bist du ja endlich wieder!'

Die Möwe warf mir einen erstaunten Blick zu. ‚Ja, es ist immer eine Freude, mich zu sehen. Aber kennen wir uns, Welpe?'

‚Na klar, ich bin Ruby!‘

‚Du weißt schon, Wuschelhaar-Zweibein‘, ergänzte Schmuggel.

‚Ah! Irgendwie bist du mir gleich bekannt vorgekommen‘, sagte Meinsmeins vergnügt. ‚Aber wenn du dir schon eine neue Gestalt zulegst, wieso dann nicht eine etwas hübschere?‘ Sie reckte den Hals, wie um zu betonen, *welche* Gestalt sie meinte. Dabei fiel mir auf, dass ihre Wunde frisch verbunden war. Der Stoff leuchtete blütenweiß durch die Dunkelheit, und zu meiner Erleichterung roch Meinsmeins weder erschöpft noch krank.

Aufgeregt schnüffelte ich in ihre Richtung. ‚Wie geht es dir? Wer hat sich um dich gekümmert? Ist alles okay?‘

‚Alles bestens‘, antwortete die Möwe lässig. ‚Ein älteres Zweibein hat mich in sein Heim aufgenommen. Die Bewirtung dort ist nicht übel, aber heute musste ich mal kurz entwischen. Man wird ja verrückt, wenn man ständig von Wänden umgeben ist.‘

‚Das war bestimmt Doktor Thompson‘, vermutete ich. ‚Der weiß, wie man Wunden richtig versorgt.‘

‚Schon möglich. Ihr Menschen seht für unsereins alle fast gleich aus‘, sagte die Möwe. ‚Jedenfalls musste ich dringend mal wieder das Meer aus der Nähe betrachten, aber jetzt fände ich es nett, wenn ihr mich zu den Zweibein-Bauten zurückbringen könntet. Mit kurzen Beinen ist der Weg ganz schön lang. Wenn wir dort angekommen sind, kann ich euch auch gleich etwas zeigen …‘

Meinsmeins vollführte einen flatterigen Sprung und landete direkt auf Schmuggels Rücken. Schmuggel blieb keine Zeit, um zu protestieren, denn Tratschtanten-Tilda kam gerade in unsere Richtung gestapft. Offenbar hatte sie es aufgegeben, ihren Mops anlocken zu wollen.

„Na schön, gehen wir heia machen“, sagte sie seufzend, nur noch wenige Schritte von uns entfernt.

‚Mach schnell, Zottelfell!‘, drängte Meinsmeins, und schon setzte Schmuggel sich mitsamt der Möwe in Bewegung. Ich hörte Mr Murphy noch kurz ‚Mag … nich … Mag … nich‘ brabbeln, dann rannte ich ebenfalls los. Schmuggel hatte inzwischen einen ganz schönen Vorsprung, aber dank meiner Spürnase war es überhaupt nicht schwer, ihm und Meinsmeins zu folgen. Ihr Duft führte mich wie eine leuchtende Spur durch die Dunkelheit. Während ich lief, kreisten meine Gedanken um Mr Murphy. Klar hatte der dicke Mops noch nie zu den sportlichsten Hunden gezählt, doch beim Betteln um Futter war er immer herum-

gehopst wie ein plüschiger Flummi. Wieso hatte sich das plötzlich geändert?

Ich achtete kaum auf die Umgebung, und als Schmuggel abbremste, wäre ich beinahe in ihn hineingerannt.

‚Das ist ja das Haus von Pfarrer Morland!', stellte ich fest.

‚Irrtum. Es ist das Haus seiner beiden Kater. Sie lassen ihn nur netterweise da wohnen.' Kichernd hüpfte Meinsmeins von Schmuggels Rücken auf die niedrige Steinmauer, die den Vorgarten umgab. ‚Ach, ich liebe die beiden. Ganz entzückende Spielkameraden.'

‚Rory und Finn?', fragte ich ungläubig, während ich an die beiden kratzbürstigen Mini-Tiger dachte.

‚Ja, genau', bestätigte Meinsmeins. ‚Man kann sie nämlich ganz wunderbar ärgern.' Dann stockte sie, und ich sah, wie ihr Gefieder sich ein wenig sträubte. ‚Bisher war das jedenfalls so. Aber in letzter Zeit … tja, seht es euch selbst an.'

Sie hopste in den Garten, und Schmuggel folgte ihr ohne Mühe über die Mauer. Ich musste dafür erst ein bisschen Anlauf nehmen. Als ich auf der anderen Seite der Mauer landete, stolzierte Meinsmeins bereits quer durch eines der Blumenbeete. Dass ihr Verband dabei nass und schmutzig wurde, schien sie nicht zu stören. Zielstrebig ging sie in Richtung eines Fensters, das mit Fliegengitter bespannt war, und reckte den Hals. Hinter dem Netz entdeckte ich Rory und Finn, die für meine Hundeaugen nicht rot und weiß, sondern eher gräulich aussahen. Instinktiv hielt ich ein wenig Abstand, während Meinsmeins zu den Katern hinaufrief: ‚Einen schönen guten Abend, die Herren. Ich wollte euch dringend etwas mitteilen …' Dann stieß sie ein durchdringendes Kreischen aus.

Jetzt merkte ich, dass Hunde- und Vogelsprache doch ein wenig unterschiedlich waren. Ich verstand nur die Hälfte – aber die genügte, um sich den Rest denken zu können.

Den sehr unfeinen, gar nicht netten Rest, wohlgemerkt.

Kein Kater, nicht einmal der allersanfteste, hätte eine solche Beschimpfung über sich ergehen lassen. Rory und Finn blieben jedoch still auf der Fensterbank liegen. Waren die beiden einfach zu satt und zufrieden, um sich aufzuregen? Aber dann wäre da nicht dieses leise Gemurmel gewesen: ‚Lass … das', erklang es stockend. ‚Lass …' Als hätten die

Kater keine Kraft mehr, verstummten sie und starrten dumpf vor sich hin. Ich erkannte die frechen Raufbolde kaum wieder!

‚Eines steht fest: Der Mops und die Katzen haben etwas gemeinsam', meinte Schmuggel düster. ‚Und damit meine ich nicht, dass ihre Gehirne momentan aus Apfelmus bestehen.'

‚Sie sind alle bei Mrs Silverton in Behandlung', sagte ich. ‚Aber so anstrengend ich die auch finde – ich kann mir einfach nicht vorstellen, dass sie ihre Patienten dauerhaft so betäuben würde!'

‚Kannst du nicht?', mischte Meinsmeins sich ein. ‚Dann beantworte mir nur eine Frage. Wieso, glaubst du, bin ich nicht mehr bei euch auf der Pflegestation?'

‚Na ja, weil du ausgerissen bist', antwortete ich.

Meinsmeins spreizte ihren gesunden Flügel. ‚Irrtum, Wuschelhaar-Zweibein. Die Frau mit dem Zähnefletsch-Lächeln hat mich in einen kleinen Käfig gestopft, ein Stück von der Pflegestation weggetragen und dann ausgesetzt. Ja, *mich,* obwohl ich dermaßen *süß* bin! Ich schätze also, diese Person ist zu allem fähig.'

Ein entsetztes Winseln drang aus meiner Schnauze. In meiner neuen Gestalt spürte ich deutlicher als jemals zuvor, dass mit Mrs Silverton etwas nicht in Ordnung war. Ich hatte diesen Verdacht bisher unterdrückt, damit Nana in Ruhe gesund werden konnte – aber was sollte ich tun, wenn jetzt das Wohl der Tiere auf dem Spiel stand?

Als hätte er meine Gedanken gelesen, drehte Schmuggel sich zu mir. Er neigte den zotteligen Kopf, und in seinen Augen stand ein ernsthafter Ausdruck, den ich vorher noch nie bei ihm gesehen hatte. ‚Hör zu, Wuschelhaar', sagte er langsam, „alle großen Zweibeiner glauben, dass man Mrs Silverton vertrauen kann. Aber du weißt genauso gut wie wir, dass das nicht stimmt. Spätestens jetzt sollte dir klar sein: Es muss dringend etwas geschehen.'

21. KAPITEL

Wir Spionieren

Nicht zu fassen!“ Noah packte sein Kissen, als wollte er es mir um die Ohren pfeffern. „Das alles hast du erlebt, während ich verdammt noch mal *gepennt* habe?!“ Kopfschüttelnd starrte er mich an, die Haare ganz zerwühlt vom Schlafen.

Etwas zerknirscht hockte ich mich zu ihm auf die Faltmatratze. Meine Pyjamahose hatte Gras- und Schlammflecken an den Knien, außerdem waren meine Ärmel pitschnass, weil ich zur Rückverwandlung wieder den

Eimer Meerwasser benutzt hatte. Aber das war mir gerade völlig egal.

„Tut mir leid", sagte ich. „Es ging alles furchtbar schnell, und ich hatte gar keine Gelegenheit, dich zu wecken."

„Böser Hund", meinte Noah. „Pfui."

Gegen meinen Willen musste ich grinsen. „Das wolltest du schon die ganze Zeit sagen, oder?"

„Allerdings." Jetzt zuckten auch Noahs Mundwinkel nach oben, und er schlug das Kissen versöhnlich gegen meine Schulter. „Okay, fassen wir das Ganze mal zusammen. Erstens: Wenn du nicht gerade schläfst oder bei der Verwandlung irgendwie aufgewühlt bist, kannst du dich sehr wohl daran erinnern. Zweitens: Du wolltest dich gerne in Schafsmist wälzen. Drittens: Die Schreckschraube verschreibt ihren Patienten anscheinend etwas viel Stärkeres als Vitaminpillen."

„Den Schafsmist streichen wir bitte von der Liste", sagte ich. „Aber ja, genau so ist es. Mr Murphy und die Kater waren nicht wiederzuerkennen – von wegen ausgeglichen und entspannt! Wir müssen unbedingt herausfinden, was Mrs Silverton ihnen gegeben hat."

„Und zwar jetzt gleich, bevor sie in die Praxis kommt." Noah sprang auf, schlüpfte in seinen schwarzen Lieblingspullover und wandte sich zur Tür. Dann stoppte er noch einmal, um mich prüfend anzuschauen. „War es toll?“, fragte er gedämpft. „Ich meine, ein Hund zu sein. Ich weiß noch, wie ich Tuck manchmal beneidet habe, weil er so schnell rennen konnte.“ Beim Gedanken an seinen verstorbenen Hund schienen seine Augen ein bisschen dunkler zu werden, und ich musste schlucken.

„Ja“, gab ich zu. „Es war der Wahnsinn, schön und spannend zugleich. Ich wünschte nur, dass ich es besser kontrollieren könnte. Wer möchte sich schon ein Leben lang fragen müssen, wo er am nächsten Morgen aufwachen wird oder was er nachts getrieben hat? Die Meerjungfrauen haben recht – ein Pooka zu sein, *ist* gruselig.“

„Nicht so gruselig wie eine Tierärztin, die ihre Patienten in willenlose Fellbündel verwandelt“, entgegnete Noah und berührte mich kurz am Arm. „Wir finden sicher eine Lösung. Eins nach dem anderen, okay?“

Ich verzog das Gesicht. „Du meinst: Probleme sind da, um beseitigt zu werden?“, zitierte ich Mrs Silvertons Motto und schaffte es sogar, ihre durchdringende Stimme zu imitieren.

Noah schauderte. „Böser Hund“, wiederholte er, dann zog er mich kurzerhand hinter sich her.

Während wir über den finsteren Hof liefen, fragte ich mich, warum ich gar nicht müde war. Schmuggel hatte sich geweigert, seinen Lieblingsplatz am Kamin zu verlassen, um uns zu begleiten. Kein Wunder, immerhin waren wir letzte Nacht stundenlang durch die Gegend gerannt. Trotzdem fühlte ich mich beim Anblick der Tierarzt-Praxis hellwach. Seit Mrs Silvertons erstem Tag auf Patch Island war ich nicht mehr hier gewesen, und nun kam ich mir fast wie ein Eindringling vor. Ich spürte sogar ein nervöses Kitzeln im Nacken, als könnte Mrs Silverton uns vom Graham's Inn aus beobachten.

Im Gegensatz zu mir schien Noah keine Hemmungen zu haben, das niedrige weiße Gebäude zu betreten. Ohne zu zögern riss er die Tür auf und tastete nach dem Lichtschalter – doch im nächsten Moment erstarrte er. „Ach du Schande – wir sind im Kopf der Schreckschraube gelandet."

Verwirrt schob ich mich an ihm vorbei und riss die Augen auf. Nana hatte die Praxis extra schlicht gestaltet, damit man sich dort ganz auf die Tiere konzentrieren konnte. Im Wartezimmer hatte es bloß ein paar Stühle und Zeitschriften gegeben, außerdem ein Regal mit Spielsachen und Leckerlis für besonders ängstliche Patienten. Nun aber erinnerte der Raum eher an ein luxuriöses Yoga-Studio: Die Tier-Zeitschriften waren gegen Broschüren über gesunde Ernährung ausgetauscht worden, anstelle von Futterpäckchen standen Gläser mit Kristallen im Regal, ein automatischer Lufterfrischer verströmte alle paar Sekunden Rosenduft, und in einer Ecke plätscherte ein Zimmerbrunnen vor sich hin. Außerdem waren die Wände mit Fotos von Tieren geschmückt, die allesamt glänzendes Fell und Glupschaugen hatten und in perfekter Haltung auf Kissen lagen. Darunter standen Sprüche wie: *Eine gesunde Seele wohnt nur in einem gesunden Körper* oder *Tiere haben etwas, das vielen Menschen fehlt: Treue, Dankbarkeit und Charakter.*

„O nein“, murmelte ich. „Das ist gar nicht gut.“

„Stimmt doch“, entgegnete Noah. „Tiere sind sehr dankbar, wenn man ihren Charakter nicht mit irgendwelchen Pillen manipuliert.“

„Aber kein Mensch, der all das sieht, würde Mrs Silverton etwas Böses zutrauen!“, rief ich. „Und schau dir das mal an!“ Verzweifelt deutete ich auf einen Zeitungsartikel, der gleich neben der Tür zum Behandlungszimmer in einem goldenen Rahmen hing.

TIERKLINIK SILVERAPPLE GEWINNT BELIEBTHEITSPREIS – DIE MEISTEN ZUFRIEDENEN PATIENTEN IN EINEM JAHR, lautete die Überschrift.

Darunter prangte ein Foto von Mrs Silverton, die im rechten Arm einen Chihuahua trug und den linken um ihre schüchtern lächelnde Arzthelferin gelegt hatte. Unnötig zu erwähnen, dass sie wie ein 1000-Watt-Scheinwerfer strahlte. Prompt hielt Noah sich eine Hand vor die Augen, als würde er geblendet. „Dieses Grinsen verfolgt mich noch in den Schlaf", kommentierte er. „Aber die Inselbewohner rennen ja wirklich wegen jeder Kleinigkeit in die Praxis, weil sie die Schreckschraube so toll finden. Und das, obwohl sie so teuer ist."

„Umso wichtiger, dass wir die Tiere vor Mrs Silverton beschützen!" Mit schnellen Schritten durchquerte ich den Raum, trat ins Behandlungszimmer und öffnete den Medikamentenschrank, den Mrs Silverton gleich nach ihrer Ankunft neu sortiert hatte. Die Flaschen und Schachteln standen in Reih und Glied, außerdem waren sie alphabetisch geordnet. Manche Arzneimittel, vor allem Nanas selbst getrocknete Heilkräuter, schien Mrs Silverton entsorgt zu haben (so viel zum Thema *gesunde Ernährung*).

Aber etwas Neues konnte ich nicht entdecken – auch nicht die Vitaminpillen, die Mrs Silverton angeblich so gerne verschrieb.

„All diese Medikamente kenne ich schon“, sagte ich. „Trotzdem bin ich mir sicher, dass wir mit unserem Verdacht richtigliegen. Wenn jemand so überordentlich ist, aber bestimmte Pillen extra *nicht* in den Medikamentenschrank räumt, hat er definitiv etwas zu verbergen.“

„Sollen wir vielleicht Schmuggel wecken und ihn danach suchen lassen?“, fragte Noah. „Der ist echt gut im Aufspüren von miesem Zeug, wie wir bei der Sache mit Mr Bennet gesehen haben.“

„Aber diesmal haben wir keine Geruchsprobe als Vorbild für ihn“, wandte ich ein. „Als Hund ist mir zwar aufgefallen, dass Mr Murphy irgendwie merkwürdig gerochen hat, aber …“ Ich stockte, und mein Herz machte einen Satz. „Der Koffer!“, platzte es aus mir hervor. „Mrs Silvertons kleiner Rollkoffer! Erinnerst du dich, wie Schmuggel geknurrt hat, als sie ihm damit am Hafen zu nahe gekommen ist? Sie hat so getan, als hätte er sich bloß erschreckt, aber Schmuggel ist doch überhaupt nicht schreckhaft!“

„Du meinst, er hat gewittert, dass mit dem Inhalt ir-

gendwas faul ist?“ Noah runzelte die Stirn, aber jetzt war ich nicht mehr zu bremsen. Ich fühlte mich beinahe wie in der Nacht, als ich auf vier Pfoten über die Wiesen gestürmt war.

„Ganz genau!“, stimmte ich atemlos zu. „Denk doch nur mal daran, wie hartnäckig Mrs Silverton dieses Ding festgehalten hat! Das restliche Gepäck durften Orin und Cormack für sie an Land tragen, aber um den Rollkoffer wollte sie sich unbedingt selbst kümmern. Trotzdem hat sie ihn hier auf dem Hof gelassen, als sie gestern ins Graham’s Inn übersiedelt ist, oder? Jedenfalls habe ich kein Räderklappern gehört.“

Noah pfiff leise durch die Zähne. „Stimmt, jetzt wo du's sagst – sie ist tatsächlich mit einer Reisetasche abgedampft. Schon komisch, wenn man bedenkt, dass der Koffer viel praktischer gewesen wäre."

„Es ist eben etwas darin, das sie unbedingt zum Arbeiten braucht", meinte ich aufgeregt. „Und abgesehen von der Praxis arbeitet sie hauptsächlich …"

„… im Pipi", stöhnte Noah. „Dem einzigen Gebäude auf Patch Island, das jetzt immer abgesperrt ist."

Wir wechselten einen gequälten Blick. Das neue Vorhängeschloss an der Tür zur Pflegestation war viel zu massiv, um es zu knacken, und natürlich hatte Mrs Silverton den Schlüssel mitgenommen. Vergeblich dachte ich darüber nach, wie wir an den Koffer gelangen könnten, bis das Quietschen der Eingangstür zu uns drang.

Noahs frustrierte Miene verwandelte sich in Entsetzen. „Wie früh fängt die Schreckschraube bitte schön an zu arbeiten?!", flüsterte er.

Ich verschwendete keine Zeit damit, ihm zu antworten. Blitzschnell huschte ich zum Fenster, riss es auf und schwang mich über die Fensterbank nach draußen. Auf allen vieren landete ich im Matsch und kam sofort wieder auf die Beine. In der nächsten Sekunde landete Noah neben mir. So leise wir konnten, rannten wir über den dämmrigen Hof zum Haupthaus hinüber.

„Bist du sicher, dass du letzte Nacht nicht doch eine Katze gewesen bist?“, keuchte Noah, als wir in der Diele angekommen waren.

„Interessant, dass du das fragst“, gab ich zurück, stützte mich auf die Knie und machte einen tiefen Atemzug. Dann hob ich den Kopf und schaute Noah eindringlich an. „Was das betrifft, hatte ich nämlich gerade eine Idee …“

22. KAPITEL

Agent auf vier Pfoten

Nur, damit du es weißt", sagte Noah etwa zwanzig Stunden später, als wir im Stockdunkeln bei Pfarrer Morlands Haus ankamen. „Dein Plan ist ziemlich verrückt."

Ich widersprach nicht, denn leider fand ich meine Idee selbst immer schlechter, je länger ich darüber nachdachte. Um genau zu sein, erschien mir die ganze Sache mittlerweile strohdumm.

Nachdem Mrs Silverton Noah und mich beinahe in der

Praxis ertappt hätte, waren wir ihr den Rest des Tages so gut wie möglich aus dem Weg gegangen. Zum Glück schien sie nach wie vor zu glauben, dass ich an einem ansteckenden Magen-Darm-Virus litt, und hielt sich deshalb vom Haupthaus fern. Außerdem hatte sie alle Hände voll zu tun: Durch mein Schlafzimmerfenster konnte ich beobachten, wie reihenweise Inselbewohner mit Transportkäfigen zur Pflegestation kamen, ihre Haustiere ablieferten oder mit einem erwartungsvollen Lächeln wieder abholten. Wahrscheinlich dachten sie, dass ihre Lieblinge im „Institut“ mit Massagen, Entspannungsmusik und vitaminreichen Häppchen verwöhnt wurden. Und tatsächlich wirkten die Tiere rundum zufrieden, wenn Mrs Silverton sie an ihre Besitzer zurückgab. Sogar Schafbock Johnny, der regelmäßig von seiner Weide ausbüxte und dann überall für Chaos sorgte, kam lammfromm durch die Tür getrottet. Bauer Orin nahm ihn strahlend in Empfang, und es sah aus, als wäre er Mrs Silverton am liebsten um den Hals gefallen. Eine schaurige Vorstellung – aber noch viel schlimmer fand ich den Gedanken, dass der freche Schafbock vielleicht ebenso benebelt war wie Mr Murphy oder die beiden Kater.

Ganz klar, wir mussten dringend etwas unternehmen!

Zuerst würden wir uns den Schlüssel zur Pflegestation holen, dann diesen geheimnisvollen silbernen Koffer beiseiteschaffen. Ich wünschte mir bloß, uns wäre dafür ein etwas weniger riskanter Plan eingefallen. Aber nun standen wir mitten in der Nacht vor dem Garten des Pfarrers, und für Zweifel war es längst zu spät.

„Was ist los? Kriegst du jetzt kalte Füße?", fragte Noah, als ich einen Moment lang zögerte.

Angestrengt spähte ich durch die Dunkelheit zum Fliegengitter, hinter dem sich genau wie in der vergangenen Nacht die Umrisse von Rory und Finn abzeichneten. Dann schüttelte ich entschlossen den Kopf.

„Höchstens kalte Pfoten", sagte ich bedeutungsvoll, während ich Schmuggel am Gartentor festband. Dann kletterte ich über die Mauer, und Noah schwang sich geschickt hinterher, obwohl sein Rucksack ganz schön schwer sein musste. Ich hörte die Flaschen voll Meerwasser gegeneinander klirren, als wir Seite an Seite zu Pfarrer Morlands Haus schlichen.

„Hey, Jungs", rief ich leise zu den Katern hinauf, doch keiner der beiden zuckte auch nur mit der Schwanzspitze. Sie zeigten nicht einmal dann eine Reaktion, als Noah den Strahl seiner Taschenlampe hin und her huschen ließ.

„Verrückt", murmelte Noah. „Die wirken ja fast wie ausgestopft."

„Stimmt, aber Pfarrer Morland freut sich darüber, dass er sie jetzt in den Beichtstuhl mitnehmen kann." Unbehaglich wandte ich mich von den reglosen Katern ab und holte eine der Flaschen aus Noahs Rucksack. Hoffentlich würde die Wassermenge genügen, um eine Verwandlung auszulösen. Mit klammen Fingern schob ich den linken Ärmel meines Pullovers hoch, dann öffnete ich die Flasche.

Erstaunlicherweise war es Noah, der in letzter Sekunde den Mut verlor. „Warte mal", sagte er und hielt mich am Handgelenk fest. „Bist du sicher, dass wir nicht doch einfach so ins Graham's Inn schleichen wollen? Ich glaube kaum, dass Brenda nachts die Eingangstür versperrt …"

„Aber Mrs Silverton hat ihr Zimmer garantiert abgeschlossen", entgegnete ich.

„Dann klauen wir eben wieder den Ersatzschlüssel, so wie bei der Sache mit Mr Bennet!"

Halb flehend, halb ungeduldig schaute ich Noah an. „Das hatten wir doch alles schon. Erstens weiß ich nicht, ob sich die Tür überhaupt aufsperren lässt, wenn innen ein anderer Schlüssel steckt. Zweitens würden wir Mrs

Silverton dabei ganz bestimmt wecken – oder spätestens, wenn wir in ihrem Zimmer herumwühlen. Und drittens könnten wir im Dunkeln mit unseren schlechten Menschenaugen und -nasen sowieso nichts finden. Nein, wenn wir uns den Schlüssel zur Pflegestation wirklich holen wollen, brauche ich dafür … ein paar Superkräfte."

Mit diesen Worten entzog ich mich Noahs Griff und richtete meinen Blick wieder auf das Fenster. Schmuggel hechelte aufgeregt vor dem Gartentor, aber ich hielt mich

mit aller Kraft davon ab, ihn anzuschauen. Auf keinen Fall durfte ich *ihn* zum Vorbild nehmen, denn eine Hundegestalt war für meinen Plan nutzlos. Ohne auch nur zu blinzeln, starrte ich Rory und Finn an, während ich die Flasche über meinen Arm hielt. Dann drehte ich langsam die Öffnung nach unten.

Das Brennen erfasste mich schon in dem Moment, als der Wasserstrahl auf meine Haut traf. Binnen weniger Sekunden breitete es sich in meinem ganzen Körper aus. Ich hatte das Gefühl, mit einem Fahrstuhl in die Tiefe zu sausen, während ich in Wirklichkeit rasend schnell zusammenschrumpfte. Eben hatte ich Noah noch bis zur Schulter gereicht, nun ging ich ihm nicht einmal mehr bis zum Knie. Kitzelnd wuchs seidiges Fell aus jedem Zentimeter meiner Haut, und ich konnte sehen, dass dicke Schnurrhaare neben meiner Nase hervorsprossen.

Überhaupt – sehen. Ich sah plötzlich so unfassbar viel! Zwar wirkte das rote Fell von Kater Rory nun eher gelblich auf mich, doch ansonsten schien es, als hätte sich ein Schleier vor meinen Augen gehoben. Auch die nächtliche Stille entpuppte sich jetzt als Täuschung. Es war kein bisschen still hier draußen, im Gegenteil: Die Welt war voller faszinierender Geräusche. Aufmerksam drehte ich die Ohren hin und her, während sich wie von selbst Bilder in meinem Kopf formten. Es raschelte, und ich sah in Gedanken eine Maus vor mir, die durchs Gras huschte. Dann hörte ich ein Scharren und wusste, dass der kleine Nager nicht weit von hier nach Futter suchte. Als schließlich auch noch ein höchst appetitliches, leises Fiepen erklang, war es um meine Beherrschung geschehen. Meine Muskeln spannten sich an, ich duckte mich und wollte gerade einen gewaltigen Satz machen, da packte mich jemand unter den Achseln. Oder jedenfalls dort, wo bis vor Kurzem meine Achseln gewesen waren.

„Ruuuhig", sagte jemand über mir. „Ich hab dich."

‚Genau das ist das Problem!', hätte ich am liebsten gekeift. Ärgerlich strampelte ich mit allen vier Pfoten. Wer wagte es, mich einfach so zu packen und auf entwürdigende Weise in die Luft zu heben? Ich war ein Raubtier, verflixt noch mal! Mein Körper bestand nur aus Zähnen, Krallen und Muskeln! Oh, diese Unverschämtheit würde ich keine Sekunde länger …

„Aua, Ruby! Hör auf zu kratzen, verdammt!" Der Griff um meine Mitte lockerte sich, und zugleich flaute auch meine Wut etwas ab. Während ich mich ein wenig entspannte, glitten die Krallen in meine Zehen zurück. Die Spitzen ließ ich allerdings noch hervorlugen, nur für den Fall, dass ich doch ein paar mächtige Hiebe verteilen musste.

‚Pfoten weg, Zweibein', verlangte ich würdevoll und drohend zugleich, indem ich die Ohren leicht nach hinten drehte. ‚Niemand fasst mich an, wenn ich das nicht will.'

Starr schaute ich zu dem frechen Riesen empor, bis er mich endlich runterließ und vor mir in die Hocke ging.

„Okay, du musst dich jetzt konzentrieren", sagte er mit gesenkter Stimme, die aber für mein geniales Katzengehör immer noch viel lauter war als notwendig. „Ich bin Noah, erinnerst du dich? Ein Typ, den du normalerweise nicht verstümmeln willst. Außerdem haben wir eine Mission zu erfüllen. Also krieg dich wieder ein, ja?"

Langsam streckte er die Hand in meine Richtung, und ich beschloss gnädigerweise, daran zu schnuppern. Hm, er roch gar nicht übel, wenn auch irgendwie komisch. Aber das ließ sich ja leicht ändern. Zweimal rieb ich meine Wange über die Riesenhand, ehe ich erneut daran schnupperte. Jetzt duftete der Zweibeiner genau wie ich, also einfach umwerfend. Da konnte ich ihm auch erlauben, meinen Kopf zu streicheln. Als Nächstes kraulte er mich im Nacken, und ich musste zugeben: Das konnte er echt gut. Ein warmes Brummen stieg in mir hoch, während ich mich genüsslich an die Riesenhand drückte. Dann rollte ich mich auf den Rücken, um dem Zweibeiner meinen flauschigen Bauch –

Von einer Sekunde auf die andere stoppte das Brummen, und ich erstarrte mitten in der Bewegung. Was, um

Himmels willen, machte ich da?! Ich hatte zugelassen, dass Noah mich streichelte, und dabei wie verrückt geschnurrt!

Schlagartig kam ich zur Besinnung. Jetzt war ich keine selbstgefällige Katze mehr, sondern nur noch Ruby, die vor Verlegenheit am liebsten in Pfarrer Morlands Rasen versunken wäre. Vorsichtig spähte ich zu Noah hoch und stellte fest, dass er die Zähne bleckte.

Äh, nein, er grinste natürlich. „Wow, ich sehe gerade zum ersten Mal eine Katze, die rot wird", hörte ich ihn sagen und bereute es sehr, dass ich in meiner momentanen Gestalt keine Grimassen schneiden konnte. Stattdessen setzte ich mich kerzengerade auf und leckte möglichst geziert meine Schulter. ‚Ppph, mir doch egal', sollte das heißen. Hoffentlich verstand Noah diese Geste.

Im nächsten Moment ertönte von der anderen Seite der Gartenmauer ein genervtes Grummeln. ‚Haben sich jetzt alle wieder eingekriegt?', fragte Schmuggel und schaute finster durch eine Öffnung in der hölzernen Pforte. ‚Dann brechen wir jetzt bitte auf, bevor ich hier festwachse!'

Das brauchte er mir nicht zweimal zu sagen. Schnell wie der Blitz huschte ich zum Ende des Gartens, stieß mich ab und flog praktisch über die Mauer. Es war, als gäbe es für einige Sekunden keine Schwerkraft mehr. Dann landete ich federnd auf allen vier Pfoten, und mein Schwanz sorgte dafür, dass ich das Gleichgewicht nicht verlor. Schon als Hund war ich mir unglaublich schnell und stark vorgekommen, aber jetzt fühlte ich mich wie eine Mischung aus Olympia-Sportlerin und Gummiball. Prompt stieg die katzenhafte Arroganz wieder in mir hoch, und ich wollte zu gerne mit meinen neuen Fähigkeiten

angeben, indem ich einfach davonflitzte. Oder mit einem gewaltigen Sprung wieder über die Mauer hüpfte. Oder auf Pfarrer Morlands Hausdach balancierte …

‚Du bist Ruby', erinnerte ich mich so streng wie möglich. ‚Ruby, die sich oft den kleinen Zeh an der Bettkante stößt. Ruby, die barfuß im Stehen umknicken kann! Dieser Körper ist nur geborgt, und du hast noch keine Ahnung, wie man ihn richtig benutzt.‘

Auf diese Weise gelang es mir tatsächlich, mein Katzendenken unter Kontrolle zu halten. Artig trippelte ich neben Noah und Schmuggel her, so als wäre ich kein stolzer Mini-Tiger, sondern ein dressierter Pudel. Bestimmt sah das ziemlich merkwürdig aus, doch die Inselbewohner schienen sowieso alle zu schlafen. Ohne jemandem zu begegnen, erreichten wir das Graham's Inn, das um diese Uhrzeit längst keine Gäste mehr empfing. Die Tür war geschlossen, und direkt davor entdeckte ich eine Schale, aus der es köstlich duftete. Brenda stellte regelmäßig Milch als Gabe für Heinzelmännchen nach draußen, ohne zu ahnen, dass sich kein Heinzelmann jemals in ihr Gasthaus verirren würde. Dafür war die Wirtin nämlich selbst viel zu fleißig und ordentlich. Wäre es nicht jammerschade, diese Milch einfach verkommen zu lassen?

Ich wollte gerade zu der Schale laufen, da hob Noah mich wieder hoch und drückte mich an seine Brust. „Vergiss es“, flüsterte er. „Du weißt genau, dass die meisten Katzen keine Milch vertragen.“

„Miiiih“, entgegnete ich beleidigt, gestattete ihm aber,

mich bis zur nächsten Hausecke zu tragen. Dabei hörte ich deutlich das Pochen seines Herzens und das leise Rauschen, mit dem das Blut durch seine Adern floss. Außerdem stellte ich fest, dass sich meine Katzennase durchaus an seinen Duft gewöhnen konnte. Für einen Moment vergaß ich meine menschliche Schüchternheit und genoss einfach nur die Wärme von Noahs Armen. Beinahe tat es mir leid, als er mich auf den Boden setzte.

„Bingo“, sagte er und deutete zum Dachgeschoss, in dem sich die beiden Gästezimmer des Graham's Inn befanden. „Wusste ich's doch, dass die Schreckschraube bei geöffnetem Fenster schläft. Aber glaubst du wirklich, du schaffst es da hinauf?“

‚Kinder…, äh, Kätzchenspiel‘, sagte ich und zuckte lässig mit den Schnurrhaaren. Dann fiel mir ein, dass Noah mich so nicht verstehen konnte, und probierte es auf Menschenart: Ich setzte mich hin, schaute Noah eindringlich an und bewegte den Kopf gleichmäßig auf und ab.

Noah schüttelte sich. „Uh, mach das nicht! Eine nickende Katze sieht total gruselig aus“, sagte er und trat einen Schritt nach hinten. „Okay, Pelzknäuel, dann zeig mal, was du draufhast. Ich bleibe noch kurz hier stehen, damit ich dich notfalls auffangen kann.“

Auffangen? Pah, was dachte der denn? Prüfend musterte ich die Strecke bis zum Fenster, während ich all meine Muskeln anspannte. Im nächsten Augenblick schnellte ich schon nach vorne. Ich landete auf einer Mülltonne, sprang von dort aus weiter zur Dachrinne und huschte geduckt darauf entlang. Zuletzt ging es noch ein Stück die Dachschräge hinauf, dann saß ich bereits vor dem geöffneten Fenster.

Stolz blickte ich zu Noah nach unten, den Schwanz elegant um meine Pfoten geschlungen. Diese Kletterpartie war sogar noch einfacher gewesen als gedacht! Allerdings musste ich zugeben, dass mir der schwierigste Teil meiner Mission erst bevorstand. Außerdem war ich dabei vollkommen auf mich allein gestellt. Noah würde mit Schmuggel auf der Rückseite des Gebäudes warten, damit ihn niemand auf offener Straße beim Herumlungern ertappte. So fiel der Verdacht nicht gleich auf uns, wenn Mrs Silverton morgen bemerkte, dass ihr Schlüssel verschwunden war. Natürlich wusste ich, dass Noah mir von jetzt an sowieso nicht mehr helfen konnte, aber ich hätte ihn trotzdem lieber in meiner Nähe gehabt. Nervös drehte ich die Ohren hin und her, bis mein neues Selbstbewusstsein wieder die Oberhand gewann.

‚Du bist eine Katze. Du bist toll. Du kannst *alles*', hörte ich ein Schnurren in meinem Kopf.

Kurz dehnte ich meinen Rücken zu einem Buckel, um zu spüren, wie geschmeidig, stark und beeindruckend ich war. Dann schlüpfte ich in Mrs Silvertons Zimmer.

23. KAPITEL

Alles geht schief

Eines musste man Mrs Silverton lassen: Sie schaffte es, sogar im Schlaf perfekt auszusehen. Oder wie eine Schaufensterpuppe. Kerzengerade lag sie auf dem Rücken, die geblümte Decke bis zur Brust hochgezogen und die Hände darüber verschränkt. Auch im Bett trug sie die Haare zusammengebunden. Es wunderte mich fast, dass sie keinen Kittel anhatte, sondern einen silbergrauen Seidenpyjama.

Lauernd beobachtete ich sie eine Weile, doch sie hielt

absolut still. Wäre nicht bei jedem Atemzug ein leises Pfeifen aus ihrer Nase gedrungen, hätte man sie tatsächlich für eine lebensgroße Puppe halten können. Mit einem geschmeidigen Satz sprang ich von der Fensterbank und schlich dann langsam durch den Raum, wobei ich nach allen Seiten schnupperte. Ich suchte nach dem leicht bitteren Metallgeruch, den der Schlüssel verströmen musste. In Hundegestalt hätte ich ihn wahrscheinlich längst aufgespürt, doch als Katze fühlte ich mich ein wenig überfordert. Als ich endlich die passende Duftnote gefunden hatte, begriff ich, warum die Suche so schwierig gewesen war: Der Schlüssel lag in der Schublade des Nachtschränkchens – direkt neben Mrs Silvertons Kopf.

Wäre ich keine Katze gewesen, hätte ich in diesem Moment vermutlich gestöhnt. Den Schlüssel dort unauffällig herauszuholen, würde beinahe ebenso schwierig sein, wie heimlich unter Mrs Silvertons Bettdecke zu kriechen. Aber ich war trotzdem fest entschlossen, das Zimmer nicht mit leerem Maul zu verlassen. Also näherte ich mich dem Schränkchen und kratzte vorsichtig an der Schublade. Dabei kam mir mein Katzenkörper zum ersten Mal unpraktisch vor, denn so toll meine Pfoten auch waren, einen richtigen Daumen hatten sie leider nicht. Immer verbissener scharrte ich über das Holz, dann gelang es mir endlich, die Schublade einen Spaltbreit zu öffnen. Triumphierend sprang ich auf das Schränkchen und hätte dabei fast das Hoteltelefon runtergeworfen. Der Hörer klapperte kurz, blieb aber glücklicherweise liegen. Mit meiner Nase drückte ich die Schublade weiter auf, erspähte den Schlüssel und angelte mit einer Pfote danach – bis mir klar wurde, dass etwas fehlte.

Das pfeifende Atmen hatte aufgehört.

Einige Herzschläge lang stand ich wie erstarrt, die Pfote noch in der Schublade. Dann drehte ich den Kopf.

Mrs Silverton schaute mich direkt an!

Instinktiv zog ich die Pfote zurück, während sich meine Gedanken überschlugen. In mir schrie alles danach, die Flucht zu ergreifen, aber damit hätte ich mich nur verdächtig gemacht. Welche Katze kam denn bitte schön mutig in ein Schlafzimmer marschiert, sauste aber gleich davon, wenn man sie bloß anschaute? Mir blieb gar nichts anderes übrig, als ruhig sitzen zu bleiben und Mrs Silvertons Blick möglichst gelangweilt zu erwidern. Vielleicht würde ja alles gut werden, sobald sich die Tierärztin von ihrem ersten Schreck erholt hatte. Im Grunde war der Besuch einer Katze doch eine schöne Überraschung, zumindest für jemanden, der sich mit Tieren auskannte. Noah würde so einen vierbeinigen Gast vermutlich in sein Bett lassen und dann einfach weiterschlafen. Ich hingegen würde ein Gespräch mit der Katze beginnen, während ich sie zu streicheln versuchte. Nana würde erst lachen und anschließend überprüfen, ob mit dem Tier alles in Ordnung war.

Aber Mrs Silverton tat nichts von alledem. Sie machte nur ein paar tiefe, seltsam zittrige Atemzüge – dann packte sie ihre Bettdecke und warf sie über meinen Körper.

Es ging so schnell, dass nicht einmal meine Katzenreflexe mich beschützen konnten. Schon lag die Decke schwer und riesig auf mir, und ich konnte spüren, wie Mrs Silverton sie an den Rändern festhielt. Wahrscheinlich nahm sie dabei auch ihre Knie zu Hilfe, denn irgendwie gelang es ihr offenbar, mit einer Hand nach dem Hoteltelefon zu greifen.

„Mrs Graham?", drang ihre Stimme gedämpft durch die Bettdecke. „Ihre Katze hat sich in mein Zimmer verirrt. Ich bitte Sie, das *arme* Tier sofort abzuholen."

Und sie hatte recht: Ich war wirklich ein armes Tier. Sobald ich erkannt hatte, dass es für mich keinen Ausweg gab, wurde ich von Panik überflutet. Schon in meiner

Menschengestalt hätte ich es schrecklich gefunden, eingesperrt zu sein, doch als Katze drehte ich vollkommen durch. Ich wollte frei sein, mich bewegen können, einfach nur *rausrausraus!* Die Krallen schossen aus meinen Zehen, und ich kämpfte wie wild gegen mein Deckengefängnis an. Fast hätte ich dabei jede Kontrolle verloren, als mir plötzlich ein warnender Gedanke in den Sinn kam.

Florabella hatte gesagt, dass starke negative Gefühle wie Angst oder Wut eine Verwandlung auslösen konnten.

Aber was, wenn ich bereits in Tiergestalt war, wenn diese Gefühle einsetzten? Würde ich mich dann vielleicht gegen meinen Willen zurückverwandeln? Die Vorstellung, gleich als Ruby unter der Decke zu kauern, war sogar noch schrecklicher als meine Gefangenschaft. Nicht auszudenken, wie Mrs Silverton reagieren würde! Abrupt stoppte ich die Gegenwehr und machte mich ganz klein. Mein Herz trommelte immer noch heftig gegen meine Rippen, aber ich bemühte mich, ruhig ein- und auszuatmen. Dabei konnte ich durch die Bettdecke hören, wie sich schnelle Schritte näherten. Die Tür klapperte, dann ertönte Brenda Grahams Stimme: „Bitte glauben Sie mir, ich habe wirklich keine Katze. Schon wegen meiner Kanarienvögel! Aber lassen Sie mich das Tierchen doch einmal sehen, bestimmt erkenne ich es wieder."

Abermals klapperte es, und ich begriff, dass Brenda vorsorglich das Fenster geschlossen hatte. Also war jetzt mein letzter Fluchtweg abgeschnitten. Zitternd kauerte ich mich zusammen, dann wurde die Decke um mich herum vorsichtig angehoben.

„Hmm", machte Brenda Graham über mir. Aus dem Augenwinkel sah ich, dass sie einen flauschigen Morgenmantel trug. Außerdem roch sie nach Gesichtscreme und Zahnpasta. „Also, um ehrlich zu sein, kommt mir die Kleine nicht bekannt vor. Aber wir haben ein paar Streuner auf der Insel, wahrscheinlich gehört sie dazu."

„Eine Streunerin, aha." Mrs Silvertons Schritte entfernten sich Richtung Fenster. „Dann können wir sie ja einfach –"

„Moment, was tun Sie denn da?“, protestierte Brenda. Ihre dicken, weichen Hände legten sich auf meinen Rücken, und sie kraulte mich ein wenig mit den Fingerspitzen. „Es ist doch nicht normal, wie die Katze sich benimmt! Sie zittert und fühlt sich ganz steif an. Außerdem ist sie ziemlich dünn. Glauben Sie nicht, dass sie krank sein könnte? In diesem Zustand ist sie bei Ihnen sicher am besten aufgehoben!“

„Nun ja, herrenlose Tiere sind eigentlich …“, begann Mrs Silverton, dann räusperte sie sich kurz. Selbst ohne feine Katzenohren hätte ich hören können, dass ihre Stimme danach verändert klang: „… also, die sind natürlich ganz besonders auf meine Hilfe angewiesen. Es würde mir das Herz brechen, dieses arme Wesen einfach wieder auf die Straße zu setzen. Selbstverständlich werde ich es mitnehmen und ein wenig aufpäppeln.“

Brenda stieß einen gerührten Seufzer aus. „Wunderbar, Frau Doktor. Genau das dachte ich mir. Wenn Sie mal eben die Katze übernehmen würden, dann hole ich rasch den Transportkäfig meiner Vögel.“

„Ach, wissen Sie, gerade halten Sie das entzückende Geschöpf ja so gut“, erwiderte Mrs Silverton schnell. „Verraten Sie mir, wo der Käfig zu finden ist, meine Liebe?“

Den Rest nahm ich nur als undeutliches Gemurmel wahr. Ich konnte mich überhaupt nicht mehr konzentrieren, sondern musste wieder mit aller Kraft um Beherrschung ringen. *Käfig* war für Katzen-Ruby ein absolut furchtbares Wort, sogar noch schlimmer als *Spritze* oder *Badewanne.* Am liebsten hätte ich abermals zu toben begonnen, doch erstens hatte Brenda keinen Katzenbiss verdient, und zweitens spürte ich tief in meinem Inneren ein leichtes Brennen. Genau dieses Gefühl hatte ich bisher immer vor meinen Verwandlungen gehabt! Wenn ich mich jetzt nicht zusammenriss, würde Brenda in wenigen Sekunden kein schwarzes Pelzknäuel mehr kraulen, sondern ein rothaariges Mädchen – und gleich danach vermutlich in Ohnmacht fallen.

Um die Verwandlung aufzuhalten, dachte ich an alles, was Katzen gernhatten: Pappkartons, Sonnenbäder und Lichtflecken, die über weiße Wände zuckten. Baumstämme, Sofas, Beine in Jeans und überhaupt alles, was man herrlich zerkratzen konnte …

Ein bisschen beruhigte ich mich dabei, doch leider wurde das Brennen gleich wieder stärker, als Mrs Silverton zurück ins Zimmer kam. Entsetzt starrte ich auf den Vogelkäfig in ihrer Hand. Dieses Ding war viel zu eng für mich! Da half es auch nicht, dass es auf verwirrende Weise appetitlich roch. Ein ängstliches Maunzen entschlüpfte mir, als Mrs Silverton den Käfig vor mir abstellte und die Klappe öffnete. Brenda musste mich mehr oder weniger hindurchstopfen, weil ich mich so steif machte wie ein Brett. Dann schlug Mrs Silverton die Klappe zu, und ich sackte vor Verzweiflung zusammen. Schlimmer hätte diese Mission gar nicht laufen können! Nun würde ich zwar tatsächlich auf der Pflegestation landen, aber nicht als Agentin und raffinierte Schlüsseldiebin, sondern als Gefangene.

Entmutigt schaute ich durch die Gitterstäbe, während Mrs Silverton in Stöckelschuhe und einen langen weißen Mantel schlüpfte. Den Schlüssel zur Pflegestation steckte sie in die Manteltasche. Anschließend packte sie den Käfig am Henkel und trug ihn mit ausgestrecktem Arm aus dem Zimmer. Brenda lief neben uns die Treppe hinunter und öffnete eifrig die Haustür. Insgeheim war sie wohl ganz froh, mich haarendes Vieh aus ihrem schönen, sauberen Gasthaus zu bekommen. Irgendwie schien sie sich aber auch für mich verantwortlich zu fühlen, denn zum Abschied versprach sie noch: „Ich werde mich in den nächsten Tagen umhören, ob jemand eine schwarze Katze haben möchte. Und bis dahin weiß ich ja, dass die Kleine bei Ihnen in den besten Händen ist!“

„Hmpf“, machte Mrs Silverton. Vermutlich war der Käfig recht mühsam zu tragen, doch seltsamerweise hielt sie ihn immer noch weit von sich gestreckt. Heftig wurde ich von einer Seite zur anderen geschaukelt, als sie mit schnellen Schritten losmarschierte. Um mich abzulenken, dachte ich wieder an meine Liste von Lieblingsdingen und kam viel zu spät auf die Idee, um Hilfe zu miauen. Allerdings hätte Noah mich sowieso nicht bis zur Rückseite des Gasthauses hören können.

Wie viel Zeit musste eigentlich noch vergehen, bis er sich Sorgen um mich machte? Und wie lange würde es dauern, bis er mich fand? Vielleicht konnte Schmuggel wittern, wo Mrs Silverton mich hingebracht hatte – aber das nützte nichts, wenn ich dann bereits auf der Pflegestation eingesperrt war.

Dieser Gedanke ließ mich meine Vorsicht aufgeben, und ich begann wieder, mit aller Kraft zu strampeln. Dass ich bei jeder Bewegung gegen die Gitterstäbe prallte, spürte ich in meiner Panik kaum. Mrs Silverton brauchte jetzt beide Hände, um den Käfig festzuhalten. Keuchend schleppte sie ihn noch die letzten Meter bis zur Pflegestation, dann rutschte er ihr aus den Fingern. Mit einem lauten Scheppern landete er auf dem Boden, und ich schlug beinahe einen Purzelbaum. Voller Empörung kreischte ich auf, den Schwanz so dick aufgeplustert wie eine Flaschenbürste.

„Sei still", zischte Mrs Silverton. Sie zog den Schlüssel aus ihrer Manteltasche, entriegelte die Tür und trug mich ein Stück in den Raum hinein. Verschiedenste Düfte schlugen mir entgegen, doch es herrschte gespenstische Stille. Keines der Pflegetiere schien in seinem Zwinger umherzulaufen, und wir wurden auch nicht lautstark begrüßt, so wie ich das beim Betreten der Station gewohnt war.

Inzwischen hatte Mrs Silverton den Käfig abgestellt und sich ein paar Schritte entfernt. Ich hörte ein kurzes Schnarren, dann kehrte sie zu mir zurück, und etwas platschte direkt vor meiner Nase auf den Käfigboden. Etwas, das absolut umwerfend duftete. *Leberwurst!* Gierig schnupperte ich an dem Klumpen und vergaß darüber sogar meine Angst. Vielleicht tat es Mrs Silverton ja leid, dass sie mich auf dem Weg hierher so grob behandelt hatte?

‚Wurde auch Zeit, dass du dich ordentlich um mich

kümmerst', dachte Katzen-Ruby selbstgefällig. ‚Bisher ließ der Umgang mit mir sehr zu wünschen übrig!'

Ich klappte mein Maul auf und wollte gerade nach dem Leckerbissen schnappen – da hielt ich verdutzt inne. Was ich roch, war nicht nur eine Mischung aus Fleisch, Salz und Petersilie. Irgendetwas anderes hatte sich dazwischen gemogelt, ein seltsames Gewürz oder …

Entsetzt fuhr ich zurück und stieß mich prompt an den Gitterstäben. Genau diese Duftnote hatte ich doch an Mr Murphy, Rory und Finn wahrgenommen! Wenn ich konzentriert schnupperte, konnte ich sie auch aus den Tiergerüchen herausfiltern, die hier in der Luft hingen. Am stärksten aber wehte sie mir aus dem Bereich entgegen, wo ich vorhin das Schnarren gehört hatte. Mit gesträubtem Nackenfell schaute ich in diese Richtung, und wie von selbst formte mein Rücken einen Buckel.

Dort stand Mrs Silvertons Koffer. Ein Koffer voller Pillen, von denen sie mir gerade eine unterjubeln wollte!

„Los", befahl Mrs Silverton und stieß mit der Fußspitze gegen den Käfig. „Nun friss schon, oder brauchst du Hilfe dabei?"

Einige Sekunden lang beobachtete sie mich noch scharf durch die Gitterstäbe, dann griff sie nach einem Paar

Handschuhe, das an einem Haken neben dem Futterregal hing. Bis vor Kurzem hatten Noah, Nana und ich dort unsere eigene Ausrüstung aufbewahrt: ganz normale Arbeitshandschuhe, die wir trugen, wenn wir die Zwinger sauber machten. Aber so dicke, ellenbogenlange Dinger, wie Mrs Silverton sie nun überstreifte, hatte keiner von uns benutzt. Etwas ungeschickt öffnete sie damit die Klappe des Käfigs, und ich presste mich ängstlich gegen das Gitter. Die schwarz bekleidete Hand kam mir vor wie ein Ungeheuer, das langsam auf mich zukroch. Mein erster Impuls war, dagegen zu kämpfen, wenn ich schon nicht davonlaufen konnte. Fauchend fuhr ich meine Krallen aus, hob die Vorderpfote und begriff im letzten Moment, dass das ein Fehler war. Katzen-Ruby fühlte sich zwar mächtig und gefährlich, doch der menschliche Teil von mir wusste, dass ich Mrs Silverton nichts anhaben konnte. Sie würde mich mit ihren biss- und kratzfesten Handschuhen packen und mir die Pille einfach in den Rachen stopfen, ganz egal, wie sehr ich mich zur Wehr setzte! Also tat ich das Einzige, was mir jetzt noch übrig blieb: Ich verschlang das Stückchen Leberwurst mit einem Happs.

Nein, natürlich verschlang ich es nicht wirklich. Obwohl mich die Gier beinahe überwältigte, behielt ich den Bissen eisern im Maul. ‚Nicht schlucken, nicht schlucken, nicht schlucken!', sagte ich mir immer wieder, während die Leberwurst auf meiner Zunge zerschmolz. Schmeckte ich da vielleicht etwas Bitteres? War die Pille schon dabei, sich aufzulösen? Ich war ganz kurz davor, alles wieder

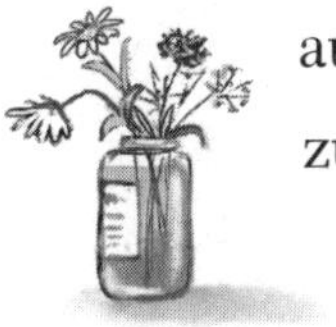

auszuspucken, als Mrs Silverton endlich die Hand zurückzog.

„Na bitte, warum nicht gleich so", sagte sie mehr zu sich selbst als zu mir. Dann riss sie die Tür zum nächsten freien Zwinger auf, hielt den Käfig mit der Öffnung nach unten und schüttelte ihn kräftig. Mich an den Gitterstäben festzukrallen, war vollkommen unmöglich. Hilflos purzelte ich auf den Boden, und ehe ich mich aufrichten konnte, verriegelte Mrs Silverton die Zwingertür. Mit hämmernden Absätzen marschierte sie hinaus, ohne sich noch einmal nach mir umzudrehen.

Ohne mich ärztlich zu untersuchen.

Ohne mir Futter zu geben.

Mühsam zwang ich mich, den kleinen Rest Leberwurst samt Pille auszuspucken – und im nächsten Augenblick ging mir ein Licht auf. Plötzlich ergab alles Sinn: wie Mrs Silverton gleich bei unserer ersten Begegnung vor

Schmuggel zurückgeschreckt war. Dass sie mich in Katzengestalt nicht einmal anrühren wollte und so getragen hatte, als wäre ich eine Bombe kurz vorm Explodieren. Vor allem aber wurde mir klar, warum sie ihre Patienten in perfekte, kuscheltierhafte Wesen verwandeln wollte, wie man sie auf den Bildern in der Praxis sah.

Mrs Silverton *hasste* Tiere. So seltsam das für eine Tierärztin auch sein mochte, mir fiel einfach keine andere Erklärung ein. Vermutlich erledigte sie ihren Job nur fürs Geld. Deshalb hatte sie mich auch nicht untersucht oder behandelt, denn für eine Streunerkatze bezahlte ja niemand. Wäre Brenda nicht gewesen, hätte sie mich vermutlich gleich auf die Straße geworfen.

Sobald ich das begriffen hatte, wusste ich ganz genau, was zu tun war. Einen Moment lang hielt ich den Blick noch auf den Koffer gerichtet, den ich trotz der Dunkelheit gut erkennen konnte. Dann hob ich den Kopf und schaute zur Decke.

Es gab keine Bewegung in meiner Nähe, die mir entging – nicht einmal das Krabbeln einer Fliege. Bisher war ich nur zu panisch gewesen, um genauer darauf zu achten.

Jetzt gab es für mich nichts Wichtigeres als dieses winzige Insekt.

‚Du bist verrückt', protestierte ein Stimmchen in meinem Kopf. ‚Hund, okay. Katze, von mir aus. Aber *das* geht zu weit!'

Obwohl dieses Stimmchen zweifellos recht hatte, hörte ich nicht darauf. Mittlerweile stand mein Entschluss felsenfest: Ich würde so schnell wie möglich von hier verschwinden und den Koffer mitnehmen. Alles, was ich dafür brauchte, war eine andere Gestalt.

24. KAPITEL

Ich mache die Fliege

Der erste Schritt war ganz einfach: Ich hörte auf, das Brennen in meinem Inneren zu unterdrücken. Stattdessen dachte ich mit aller Kraft daran, wie Mrs Silverton die Gutgläubigkeit der Inselbewohner ausgenutzt, ihre Patienten sinnlos betäubt und mein geliebtes Patch Island zu einem trostlosen Ort gemacht hatte. Schon brodelten Angst, Wut und Entsetzen in mir hoch wie Lava in einem Vulkan.

Mehr war gar nicht notwendig, um die Verwandlung

auszulösen. Das Brennen wurde immer stärker, bis es sich fast so anfühlte, als hätte ich Fieber. Gleichzeitig begann die Welt um mich herum rasend schnell zu wachsen. Eben war mir der Zwinger recht klein erschienen, nun wirkte er auf mich wie ein geräumiges Wohnzimmer … ein Ballsaal … ein Fußballstadion. Staunend schaute ich noch die säulendicken Gitterstäbe an, da zersplitterte das Bild vor meinen Augen plötzlich in unzählige Einzelteile. Ich fühlte mich wie in einem Kontrollraum voller Bildschirme, die mit Tausenden Überwachungskameras verbunden waren. Angezeigt wurde mir dabei nicht nur das, was sich vor mir befand, sondern auch alles vor und sogar hinter mir. Verpixelte Rundumsicht, sozusagen. Es dauerte eine ganze Weile, bis ich mich halbwegs daran gewöhnt hatte. Noch dazu kam mir alles unendlich langsam vor – zum Beispiel nahmen einige meiner Facettenaugen im Mondlicht schneeballgroße Dinger wahr, die beinahe in der Luft zu stehen schienen.

‚Staubkörner', übersetzte Menschen-Ruby, und ich wunderte mich, dass sie überhaupt noch in mir Platz fand. Immerhin war mein Gehirn jetzt klein wie ein Stecknadelkopf. Aber lange hielt ich mich nicht mit diesem Gedanken auf, denn ich hatte etwas sehr viel Spannenderes entdeckt: einen gigantischen Klumpen purer Köstlichkeit, der nicht weit von mir auf dem Boden lag. Ohne zu zögern, krabbelte ich dorthin und begann, auf den graurosa Berg zu klettern.

Verblüfft hielt ich inne, als mir der Geschmack von Leberwurst die Beine hochschoss. Jawohl, ich konnte mit meinen Füßen schmecken! Wie von selbst fuhr mein Rüssel nach vorne, um an der nahrhaften Masse herumzustempeln. Ich hörte erst damit auf, als mir im hintersten Winkel meines Fliegengehirns etwas dämmerte.

Etwas Wichtiges, das mit diesem Klumpen zu tun hatte.

Und mit Tieren.

Und mit … mit … häh?

Ich wusste beim besten Willen nicht weiter. Gedankenverloren rieb ich meine Beinchen aneinander, hielt jedoch abrupt inne, als am anderen Ende des Raumes ein Lichtstrahl hereinfiel. Ging etwa die Sonne schon auf, oder warum war es dort so hell? Das musste ich mir unbedingt genauer ansehen, darum breitete ich meine Flügel aus und schwirrte los. Nichts daran kam mir erstaunlich oder aufregend vor. Es fühlte sich so normal an wie ein Spaziergang – allerdings in Super-Höchstgeschwindigkeit. Lässig sauste ich zwischen den Gitterstäben des Zwingers hindurch, die weit genug auseinanderstanden, dass ich dazwischen im Zickzack hätte fliegen können.

Im Zickzack zu fliegen war übrigens eine tolle Idee. Und in Spiralen! Und im Slalom! Vollkommen schwindelfrei probierte ich ein waghalsiges Manöver nach dem anderen aus, bis ich die Lichtquelle erreicht hatte. Es war ein einzelner, heller Strahl, der durch eine Öffnung in der Mauer drang. Die Helligkeit wirkte auf mich wie ein Magnet, und ich konnte es kaum erwarten, mich hineinzustürzen. Begeistert sauste ich das letzte Stück darauf zu – und prallte nach hinten. Wieder versuchte ich, ins Freie zu gelangen, und wieder wurde ich zurückgeschleudert. Verflixt, was war das denn?! Immer hektischer schwirrte ich gegen das Hindernis, und meine Wut verwandelte sich mehr und mehr in Verzweiflung. Ich wusste nicht, wie oft ich mich schon gestoßen hatte (um genau zu sein, wusste ich nicht, ob ich momentan überhaupt zählen konnte), aber mein Körper fühlte sich ganz zerbeult an. Außerdem formte sich in meinem winzigen Gehirn allmählich eine furchtbare Erkenntnis: Ich saß hier fest, für alle Ewigkeit gefangen! Mrs Silverton war eine böse Zauberin! Sie hatte eine Barriere erschaffen, die keine Kraft der Welt …

Etwas bummerte von der anderen Seite gegen die unsichtbare Mauer. Ich spürte erst die Erschütterung, dann tauchte ein riesiges Gesicht vor mir auf. Als Nächstes erschien eine Pranke, die sich im Zeitlupentempo hin und her bewegte. Endlich begriff ich, dass dieses Ungetüm *Noah* war – Noah, der mit seiner Taschenlampe hereinleuchtete. Der menschliche Teil in mir wurde von Erleichterung durchströmt, doch Fliegen-Ruby geriet nur noch mehr in Panik. Schon erfüllte mich das übliche Brennen, ich wuchs, verlor meine Flügel und plumpste direkt unter dem Fenster zu Boden.

Jawohl, unter dem nicht-magischen, ungefährlichen, stinknormalen FENSTER, du dämliche Fliegen-Ruby.

Mit zitternden Beinen rappelte ich mich hoch, um die „unsichtbare Mauer" zu öffnen. Jetzt sah ich, dass Schmuggel direkt neben Noah stand. Beide starrten mich aus geweiteten Augen an.

„Du hast dich in eine Fliege verwandelt?!", ächzte Noah. „Ruby, ernsthaft? Eines der Tiere da drin hätte dich fressen können! Oder zerquetschen! Oder – denk doch nur mal an den Schafsmist, in dem du dich als Hund wälzen wolltest. Wenn du jetzt auf so einen Haufen gestoßen wärst, hättest du dich nicht einfach nur darin gewälzt, sondern ihn genüsslich …"

„Jaja, schon klar“, unterbrach ich ihn und rieb meine schmerzende Stirn. „Ich hab auch nicht vor, das jemals wieder zu tun. Aber es hat immerhin funktioniert!“ Aufgeregt wirbelte ich herum und holte den silbernen Koffer. Er war leicht genug, dass ich ihn problemlos in die Höhe stemmen konnte. Noah ließ die Taschenlampe fallen, um ihn entgegenzunehmen.

„Jetzt du“, drängte er. „Schnell, bevor die Schreckschraube zurückkommt! Die wollte wohl irgendwas holen und ist gerade im Haupthaus verschwunden!“

Mein Herz machte einen erschrockenen Satz. Ich hatte

geglaubt, dass Mrs Silverton längst wieder auf dem Weg zum Graham's Inn war!

Hastig begann ich, aus dem Fenster zu klettern, doch leider hatte ich meinen Körper noch nicht ganz unter Kontrolle. Außerdem konnte ich jetzt weder meine katzenhafte Eleganz noch meine klebrigen Fliegenfüße zu Hilfe nehmen. Auf halbem Weg rutschte ich ab und wäre wohl zum zweiten Mal innerhalb weniger Minuten zu Boden geplumpst, wenn Noah mich nicht aufgefangen hätte.

„Verrücktes Huhn", sagte er gedämpft, die Hände an meiner Taille.

„Huhn? Kann ich auch mal ausprobieren. Schwarze Hühner sehen super aus."

Noah schüttelte den Kopf, ohne mich loszulassen. Offenbar hatte er meinen Anblick als Fliege noch nicht ganz verkraftet. Ich wollte ihm versichern, dass es mir gut ging, brachte aber kein Wort mehr heraus. Meine Stimme schien sich tief in meinen Bauch verkrochen zu haben, dorthin, wo es gerade immer wärmer wurde. Nach wie vor hielt Noah mich an der Taille fest – bis uns ein Scheppern auseinanderfahren ließ. Schritte näherten sich von der anderen Seite des Hofes, und das Absatz-Geklapper verriet eindeutig, von wem sie stammten. Schnell bückte Noah sich nach der Taschenlampe, um sie auszuschalten, aber es war schon zu spät.

„Wer ist da?“, dröhnte Mrs Silvertons Stimme quer über den Hof.

Noah griff mit der einen Hand nach dem Koffer, mit der anderen zog er mich hinter sich her. Er vertraute wohl darauf, dass Schmuggel uns begleitete, doch der blieb seelenruhig stehen. Inzwischen hatte Mrs Silverton ihre Schritte beschleunigt, und ihr Keuchen jagte mir einen Schauer über den Rücken. Wenn sie uns mit dem Koffer erwischte, war alles umsonst gewesen! Sie würde uns die Pillen einfach abnehmen, und dann konnte sie genauso weitermachen wie bisher, ohne dass uns irgendjemand Glauben schenkte!

„Hierher, Schmuggel“, wisperte ich hektisch. „Na los, nichts wie weg!“

Aber er drehte nur den Kopf zu mir und wedelte kurz mit dem Schwanz. ‚Keine Sorge, Rotzgöre‘, schien er sagen zu wollen. ‚Ich halte sie auf.‘

Verblüfft schaute ich ihn noch einen Moment lang an, ehe Noah mich weiter zum Hoftor zerrte. War es möglich, dass Mrs Silverton Tiere nicht nur hasste, sondern sich auch vor ihnen fürchtete – und hatte Schmuggel das vielleicht durchschaut? Es hieß ja, dass Hunde Angst riechen konnten. Jedenfalls schien Schmuggels Plan aufzugehen, denn wenige Sekunden später hörte ich Mrs Silverton nach Luft ringen. „Bleib weg von mir!“, befahl sie, und ihre sonst so kräftige Stimme klang ein wenig schrill. „Lass mich bloß in Ruhe, du Ungetüm!“

Schmuggel stieß ein Knurren aus, das sich ziemlich überzeugend anhörte. Als ich einen Blick über die Schulter warf, erkannte ich trotz der Dunkelheit, wie Mrs Silverton rückwärtsstolperte. Dann wirbelte sie herum und flüchtete zur Praxis, während Schmuggel ihr gemächlich folgte.

„Verdammt, Ruby, jetzt komm endlich!“, zischte Noah.

Das ließ ich mir nicht zweimal sagen. Gemeinsam rannten wir los, und wir wussten beide ganz genau, wohin.

Es gab nur einen einzigen Ort auf Patch Island, der als Versteck infrage kam.

25. KAPITEL

Das beste Versteck

Was glaubst du – wie lange kann Schmuggel Mrs Silverton in Schach halten?", japste ich, während wir durch die Dunkelheit stürmten.

„Hoffentlich, bis wir einen Weg gefunden haben, sie für immer loszuwerden." Noahs Stimme holperte zusammen mit seinen Schritten. „Wenn wir beweisen können, dass sie ihren Patienten absichtlich schadet, ist es mit ihrer Arbeit hier vorbei."

„Ohne die Betäubungspillen wird sie vielleicht gar nicht

länger hier arbeiten wollen. Ich glaube, sie kann Tiere nicht ausstehen!"

„Augen auf bei der Berufswahl", kommentierte Noah trocken. Ich merkte ihm allerdings an, dass er nicht ganz so cool war, wie er tat. Sicher wusste er, in was für einer brenzligen Lage wir uns befanden. Immerhin hatten wir gerade etwas gestohlen, und zwar von einer Frau, die uns noch nie hatte leiden können! Vermutlich würde sie uns nicht bei der Polizei anzeigen, weil sie den Inhalt des Koffers verheimlichen wollte – aber was, wenn wir uns irrten? Wenn in dem Koffer doch keine gefährlichen Betäubungsmittel waren, sondern stinknormale Vitaminpillen und Massage-Öl?

Als hätte Noah meine Gedanken gelesen, rannte er noch ein wenig schneller. Ich musste mich anstrengen, um mit ihm Schritt zu halten, während wir den letzten Abhang vor dem Nordstrand hinunterliefen. Erst, als die Umrisse des Schuppens zu erkennen waren, drosselte Noah sein Tempo. Nebeneinander stapften wir auf das kleine, scheinbar verfallene Häuschen zu, und ich bemühte mich, die Tür ganz leise zu öffnen. Einen Moment lang zögerte ich auch, die magische Formel *Es werde Licht* auszusprechen, weil ich unsere Patienten nicht wecken wollte. Aber es war auch im Dunklen fast unmöglich, sich an einen Kobold heranzuschleichen. Kaum hatten wir die Pflegestation betreten, da krähte schon jemand: „Guten Morgen, gute Nacht, was habt ihr uns da mitgebracht?"

„Nichts", sagte Noah unverblümt, während ich die magischen Lichter aufflammen ließ. „Um ehrlich zu sein, wollen wir hier nur was verstecken."

Glücklicherweise waren die Kobolde kein bisschen beleidigt. Als Schatzmeister der Feenwesen trugen sie die Verantwortung dafür, dass Töpfe voll Gold an sicheren Orten vergraben wurden. Was wir vorhatten, fanden sie daher ausgesprochen interessant. Begeistert kamen sie angestürmt und hüpften im Kreis um uns herum. Ihre Laune schien sich sogar noch mehr zu heben, als Noah einen lauten Fluch ausstieß.

„Das sagt man nicht!", rief einer der Kobolde entzückt.

„Ja, stimmt!", meldete sich ein anderer. „Wenn der Menschenkerl so was sagen darf, dann sag ich in Zukunft auch wieder –"

„Was ist denn los?", unterbrach ich eilig das Geplapper und beugte mich ebenfalls über den Koffer.

Stöhnend deutete Noah auf die drei kleinen Rädchen neben dem Griff. „Da, siehst du? Er hat ein Zahlenschloss!

Wieso zum Teufel sind wir gar nicht auf die Idee gekommen, dass der Koffer gesichert sein könnte?“

Stirnrunzelnd betrachtete ich das Schloss. „Dann probieren wir eben alle Zahlen durch. Wie lange kann das schon dauern?“

„Es gibt tausend Möglichkeiten“, sagte Noah düster. „Von 000 bis 999.“

Ich schluckte, als ich an diese unglaubliche Menge von Kombinationen dachte. Dann aber ging ich vor dem Koffer in die Hocke und verdrehte das rechte Rädchen, sodass jetzt 001 angezeigt wurde. Nichts passierte.

„Jetzt sind es nur noch 999 Möglichkeiten“, sagte ich und lächelte Noah schulterzuckend an.

Noah ließ sich neben mir im Schneidersitz nieder. „Okay, weiter geht’s.“

Wir wechselten uns alle zehn Minuten mit dem Drehen ab, während vor den kleinen Fenstern des Schuppens allmählich der Morgen dämmerte. Unterstützt wurden wir von den Kobolden, die wahnsinnig hilfreich um uns herumwirbelten und sangen: „Drehen, drehen, bleibt nicht stehen – steigt den andren auf die Zehen!“

Bei *Zehen* versuchten sie, einander auf die winzigen

Schnallenschühchen zu trampeln, und kreischten dabei vor Lachen. Es war eindeutig, dass sich keiner mehr von ihnen krank oder schwach fühlte. Wie würde es weitergehen, wenn sie die Pflegestation verließen? Wollte überhaupt noch jemand unsere Hilfe, oder hatte sich mittlerweile herumgesprochen, dass hier ein Menschenjunge mit einem unkontrollierbaren Pooka-Mädchen zusammenarbeitete?

‚Eins nach dem anderen', erinnerte ich mich an Noahs Worte vom vergangenen Morgen. Ich richtete meine ganze Konzentration wieder auf den Koffer und bemühte mich, die Zahlenkombinationen noch ein wenig schneller einzustellen. Beinahe erschrak ich, als der Verschluss plötzlich aufsprang.

„912", stöhnte Noah. „Vielen Dank auch, Mrs Silverton."

Zwei Kobolde sprangen links und rechts auf meine Schultern und zupften mich an den Locken. „Schau hinein, schau hinein!", riefen sie im Chor.

Mit zitternden Fingern klappte ich den Koffer auf, während die Kobolde abwechselnd den Inhalt zu erraten versuchten:

„Gold!"

„Edelsteine!“

„Marmeladenbrote!“

Dann verstummten sie enttäuscht. Auch Noah und ich sagten einen Moment lang kein Wort, aber ich konnte hören, wie Noah schluckte.

Der Koffer war bis oben hin voll mit bunt bedruckten Schachteln. Dazwischen lagen auch ein paar Tuben Leberwurst, und ich dachte schaudernd daran, wie Mrs Silverton mich hatte austricksen wollen. Langsam griff ich nach einer der Schachteln und zog einen Streifen mit kleinen, harmlos wirkenden Pillen heraus.

„Sedimaxin“, las Noah den Namen des Medikaments laut vor. „Sagt dir das irgendwas?“

Ich schüttelte den Kopf, während sich ein dicker Kloß in meiner Kehle formte. Obwohl mir das Medikament unbekannt war, spürte ich, dass wir mit unserem Verdacht richtiglagen. Vom französischen Beipacktext verstand ich zwar kein Wort, aber für Vitaminpillen war er eindeutig zu lang.

„Kannst du den Namen vielleicht mit deinem Smartphone googeln?“, schlug ich vor. „Ehe wir Mrs Silverton damit konfrontieren oder die anderen warnen, müssen wir ganz genau wissen, was das für ein Zeug ist!“

„Ich hab hier doch keinen Empfang.“ Noah holte sein Handy aus der Tasche und hielt es probeweise in alle Richtungen. „Den nächsten Hotspot gibt es im Graham’s Inn.“

„Dann nichts wie los!“ Ich sprang auf und steckte die Pillenschachtel in meine Hosentasche. Beinahe kam es mir so vor, als würde sie glühen. Ungeduldig trat ich von einem Fuß auf den anderen, aber Noah zögerte noch.

„Was machen wir denn mit dem Rest?“, fragte er und deutete auf den Koffer. Im Flüsterton redete er weiter: „Eigentlich sollten wir den Kobolden einschärfen, dass sie nichts davon nehmen dürfen. Aber du weißt ja, was Verbote bei ihnen bewirken ...“

„Das Gegenteil“, bestätigte ich tonlos. „Lass es uns lieber so versuchen …“ Ich tat, als würde ich mich prüfend umblicken, und fragte dann laut: „Was hältst du denn von diesem Versteck? Ziemlich gut, oder?“ Nachlässig platzierte ich den Koffer hinter dem Untersuchungstisch, sodass er schon von Weitem zu sehen sein musste.

Noah, der meinen Plan gleich durchschaute, klatschte mit gespielter Begeisterung in die Hände. „Perfekt! Da findet ihn keiner.“

„Vor allem, weil die silberne Farbe sich *überhaupt* nicht vom braunen Holz der Tischbeine abhebt."

„Ja, er ist quasi komplett unsichtbar."

Die Kobolde tuschelten, dann trat einer von ihnen mit würdevoller Miene nach vorne. (Und würdevoll erlebte man Kobolde nur ausgesprochen selten.)

„Wir übernehmen das", sagte der kleine Kerl, das rotbärtige Kinn nach vorne gereckt. „Dinge zu verstecken, ist unser Spezialgebiet."

Fragend legte ich den Kopf schief. „Meinst du das ernst? Der Inhalt dieses Koffers muss hundertprozentig sicher sein. Außerdem ist er für jemanden eurer Größe bestimmt nicht leicht zu tragen …"

„Also bitte", quäkte der Kobold und sah dabei fast ein bisschen gekränkt aus. „Wir haben viel mehr Kraft, als ihr zwei Kartoffelschädel denkt. Wie lautet unser Motto, Leute?"

„Es gelingt erstaunlich viel, wenn man es nur wirklich will!", riefen die anderen Kobolde im Chor.

„… wirklich *wiel*", korrigierte Noah. „Gelingen euch auch mal richtig gute Reime?"

Warnend knuffte ich ihn in die Seite. Kobolde liebten Neckereien, aber wir durften es nicht übertreiben. Für ein Wortgefecht mit den frechen Kerlen fehlte uns eindeutig die Zeit.

„Also gut, dann übergeben wir euch jetzt die Verantwortung“, sagte ich, und sofort stürzten sich alle Kobolde auf Mrs Silvertons Koffer. Mit vereinten Kräften stemmten sie ihn hoch, um ihn dann blitzschnell davonzutragen. Schon nach wenigen Sekunden war von ihnen nichts mehr zu hören oder zu sehen. Wortlos streckte ich eine Hand aus, und Noah schlug ein, ehe wir nach draußen liefen.

Inzwischen hatte sich der Himmel im Licht der Morgensonne rosa verfärbt. Auf dem Weg zum Inselzentrum atmete ich tief die frische Luft ein und spürte, wie meine Laune immer besser wurde. Ich fühlte mich wie eine Marathonläuferin kurz vor dem Ziel: Natürlich war ich erschöpft, aber was ich so dringend wollte, lag in greifbarer Nähe. In wenigen Minuten konnten Noah und ich allen Inselbewohnern sagen, wie schlecht Mrs Silverton die

Tiere behandelt hatte. Dann würde ihr niemand mehr vertrauen, und ihr blieb gar nichts anderes übrig, als Patch Island zu verlassen.

Ein Lächeln huschte über mein Gesicht, als ich einige Inselbewohner vor der Bäckerei entdeckte. Aus der Ferne wirkten die Leute nicht gerade so, als freuten sie sich auf ihr Frühstück – wahrscheinlich hatten die „gesunden“ Experimente der letzten Tage sie misstrauisch gemacht. Doch mit etwas Glück würde Kathleen schon bald zu ihren alten Rezepten zurückkehren. Fröhlich hob ich die Hand, um zu winken, stoppte aber mitten in der Bewegung.

Irgendetwas stimmte nicht. Kathleen stand zwischen den wartenden Menschen und trat unruhig von einem Bein auf das andere. Was tat sie denn hier draußen? Normalerweise war sie um diese Uhrzeit viel zu beschäftigt, um mit ihren Nachbarn zu plaudern. Auch zuckerfreie Haferkekse backten sich schließlich nicht von selbst.

Mit angehaltenem Atem lauschte ich – und zuckte zusammen, als uns eine wohlbekannte Stimme entgegenschallte. Eine Stimme, die zuckersüß klang, mir aber das Blut in den Adern gefrieren ließ.

„Das ist doch nicht Ihr Ernst, meine Liebe. Ganz bestimmt wissen Sie genau, wann Ihr Ehemann zurückkommt, nicht wahr?“

Kathleen nestelte an ihrem Haarknoten. Obwohl sie uns den Rücken zugewandt hatte, konnte ich deutlich erkennen, wie nervös sie war. „N-nein, wirklich nicht“, stammelte sie. „Cormack ist gestern Abend zum Festland gefahren, um mir Zutaten für ein neues Rezept zu besorgen. Wissen Sie, Proteinpulver und Magerquark und …“

„Jaja, das klingt alles ganz köstlich“, hörte ich Mrs Silverton im Kreis der Inselbewohner sagen. „Aber dürfte ich erfahren, wo der reizende Cormack so lange bleibt?“

„Er … wurde aufgehalten“, piepste Kathleen, die noch kleiner wirkte als sonst. „Abends wollte er nicht mehr los, deswegen hat er auf dem Kutter übernachtet.“

„Nun, es ist ja schon seit einer Weile wieder hell. Dann wird Ihr Mann in Kürze zurück sein, und er ist ganz bestimmt so nett, die Fahrt zum Festland für mich noch einmal zu wiederholen.“

Auf weichen Knien trat ich näher an die Menschentraube heran, während Brenda fragte: „Ist das denn wirklich notwendig, Frau Doktor?“

„O ja, so leid es mir tut. Das Tierheim ist bereits informiert.“

„Aber –“

„Kein Aber, meine Liebe! Als Tierärztin ist es meine Aufgabe, das Aggressionspotenzial von Hunden korrekt zu beurteilen. Und *diesen* Hund stufe ich als so gefährlich ein, dass ich ihn schnellstmöglich fortschaffen muss! Vor allem, weil die Sicherheit zweier armer Kinder auf dem Spiel steht.“

„Nein“, flüsterte Noah neben mir.

Genau gleichzeitig machten wir einen Satz nach vorne, dann sahen wir ihn.

Schmuggel lag ausgestreckt auf einem Karren, und neben ihm saß Mrs Silverton. Mit einer großen Spritze in der Hand.

26. KAPITEL

Angst um Schmuggel

In diesem Moment wurde mir bewusst, dass ich seit unserer Flucht nicht mehr an Schmuggel gedacht hatte. Ich war nur mit dem silbernen Koffer beschäftigt gewesen, ohne mich zu fragen, ob mit Schmuggel alles in Ordnung war. Außerdem hatte ich mich nie dafür entschuldigt, dass ich ihn falsch verdächtigt hatte. Oder dafür, dass ihn meinetwegen alle für ein Monster hielten!

Während ich noch auf den reglosen grauen Körper starrte, fand Noah seine Sprache wieder. „Was zur Hölle haben Sie mit ihm angestellt?“, schleuderte er Mrs Silverton entgegen und drängte sich an den Schaulustigen vorbei.

Mrs Silverton hob ruckartig den Kopf. Bei unserem Anblick verzog sich für den Bruchteil einer Sekunde ihr Gesicht, doch gleich darauf schaffte sie es, wieder besorgt und zugleich entschlossen auszusehen.

„Ach, mein Kind, ich habe viel zu lange *nichts* angestellt. Niemals hätte ich zulassen dürfen, dass ihr mit einem herrenlosen Hund zusammenlebt, der völlig außer Kontrolle ist.“

„Er ist nicht herrenlos!“, brach es aus mir hervor. „Schmuggel gehört zu uns und kommt auf gar keinen Fall ins Tierheim!“ Zitternd schob ich mich jetzt ebenfalls in den Kreis aus Tratschtanten-Tilda, Pfarrer Morland, Mr O’Leary, Brenda Graham und einigen anderen Inselbewohnern. Die Diskussion zwischen Kathleen und Mrs Silverton musste sie alle auf die Straße gelockt haben. Dass auch Bauer Orin dabei war, obwohl er ein ganzes Stück entfernt wohnte, wunderte mich nicht – vermutlich hatte Mrs Silverton ihn angerufen, und er war ihr sofort zu Hilfe geeilt.

„Nicht, Mädchen“, sagte er ein bisschen verlegen und

streckte warnend die Hand aus, als ich mich über Schmuggel beugen wollte. „Sonst beißt er dich noch."

„Oh, solange ich die Betäubung regelmäßig erneuere, kann nichts passieren", erklärte Mrs Silverton. „Ein Glück, dass ich mich vor seiner Attacke in die Praxis flüchten und dort ein Narkosemittel holen konnte. Aber ohne Ihre Unterstützung hätte ich es vermutlich nicht geschafft, dem Hund eine Spritze zu geben, lieber Orin. Vielen Dank, dass Sie ihn so beherzt festgehalten haben!"

Bauer Orin zog die Schultern hoch. „Irgendwie war er wohl kurz durcheinander oder so. Jedenfalls hat er mir nix getan."

„Ja, weil er vollkommen *harmlos* ist!", brüllte Noah. Genau wie ich zitterte er am ganzen Körper, aber wohl eher vor Wut. Mit geballten Fäusten stand er da und schaute zwischen den Inselbewohnern hin und her. Anscheinend konnte er es nicht fassen, dass ihm niemand beipflichtete, doch in den Augen unserer Nachbarn war Mrs Silverton nun mal eine ganz wunderbare Tierärztin. Natürlich glaubten sie ihr jedes Wort.

„So leid es mir tut, es geht nicht anders", sagte sie jetzt, die Stirn in tiefe Kummerfalten gelegt. „Die arme Cleo könnte sich bestimmt nicht erholen, wenn sie wüsste, dass ihre Enkelin in Gefahr ist. Also bringen wir den Hund bitte rasch zum Hafen, der Kutter sollte nun jede Minute eintreffen."

„Ich mach das", murmelte Orin und griff nach der Ziehstange des Karrens, ohne Noah und mich anzusehen. Auch die anderen Inselbewohner wichen unseren Blicken aus. Sie wirkten zwar alle bedrückt, doch als Orin den Karren in Richtung Hafen zu ziehen begann, folgten sie ihm schweigend, so als gäbe es gar keine andere Wahl.

Tränen schossen mir in die Augen, während ich fieberhaft nach einem Ausweg suchte. Mrs Silverton würde sich nicht umstimmen lassen, das stand fest. Sollte ich vielleicht in Kathleens Bäckerei rennen und Nana anrufen? Aber was konnte die schon aus der Ferne für Schmuggel tun?

Auch Noah schien völlig überfordert zu sein. Stocksteif blieb er neben mir stehen, während sich die Menschengruppe rund um den Karren langsam entfernte. Er rührte sich erst wieder, um zurückzuweichen, als Mrs Silverton mit forschen Schritten auf uns zukam. Ohne Vorwarnung schlang sie die Arme um mich und drückte mich an ihre Brust.

„Oh, nicht weinen, Schätzchen. Wenn deine Oma gesund ist, schenkt sie dir bestimmt einen kleineren und braveren Hund!“, rief sie laut genug, dass es die anderen Inselbewohner hören konnten. Aus ein paar Metern Entfernung musste es so aussehen, als würde sie mich liebevoll trösten, doch in Wirklichkeit fühlten sich ihre Arme an wie ein Schraubstock. Als ich versuchte, mich loszureißen, umklammerte sie meinen Oberkörper nur noch fester und neigte den Kopf, sodass ihre Lippen beinahe mein Ohr berührten.

„Jetzt hör mir mal gut zu!“, fauchte sie. „Ich weiß genau, wie verdorben ihr beide seid. Diebe, und das schon in eurem Alter! Trotzdem habe ich ein Auge zugedrückt, als ihr euch am Medikamentenschrank in der Praxis bedient habt.“

„Wir haben gar nicht …“, begann ich, doch Mrs Silverton brachte mich mit einem unsanften Ruck zum Schweigen.

„Jetzt seid ihr allerdings zu weit gegangen“, fuhr sie fort. „Ich will meinen Koffer zurück, und zwar auf der Stelle. Ansonsten werdet ihr den unappetitlichen Riesenhund niemals wiedersehen.“

Mühsam schluckte ich, dann nahm ich meinen ganzen Mut zusammen. „Und wenn wir stattdessen allen Inselbewohnern erzählen, was in dem Koffer ist?“, presste ich hervor.

Mrs Silverton schnalzte mit der Zunge. „Das würde ich dir nicht raten. Erstens bezweifle ich, dass euch irgendjemand glauben würde. Und zweitens … Nun, ich habe die Narkose extra schwach dosiert, weil gerade Wolfshunde so eine Betäubung schlecht vertragen. Aber wenn ich mich jetzt sehr ärgern muss, könnte es passieren, dass ich ein klein wenig zu viel von dem Mittel erwische. Und ich wäre *untröstlich*, wenn euer Schmuggel nie wieder aufwacht.“

Der Schock fuhr wie ein eisiger Blitz durch meinen Körper und ließ mich erstarren. Ich konnte nichts mehr sagen, mich noch nicht einmal bewegen.

Ganz ruhig, hallte es durch meine Gedanken, als das vertraute Brennen in mir aufstieg. Du musst dich beherrschen. Wenn du dich jetzt verwandelst, ist alles aus.

Während ich versuchte, möglichst langsam zu atmen, nahm ich wie aus der Ferne Noahs drohende Stimme wahr.

„Lassen Sie sie los“, knurrte er, und da entließ Mrs Silverton mich endlich aus ihrem Klammergriff.

„Bitte sehr“, sagte sie. „Nun wisst ihr ja, was zu tun ist.

Ihr habt Zeit, bis der Kutter anlegt. Ich schlage vor, dass ihr euch beeilt.“ Damit wandte sie sich ab, um dem Karren zu folgen.

Ich stand noch einen Moment wie versteinert da und kämpfte gegen das Brennen in meinem Inneren. Als ich mich schließlich zu Noah drehte, wirkten seine Augen pechschwarz. „Wir dürfen nicht zulassen, dass sie weiter Tiere vergiftet“, murmelte er ausdruckslos. Ich merkte, dass er genauso verzweifelt war wie ich. Es gab nur eines, was wir für Schmuggel tun konnten: bei ihm bleiben, bis Mrs Silverton ihn für immer von Patch Island fortbrachte.

Stumm setzten wir uns in Bewegung, und jeder Schritt fiel mir so schwer, als schleppte ich mich durch kniehohen Schlamm. Beim Hafen angekommen, traf uns sofort Mrs

Silvertons hasserfüllter Blick. Die Botschaft dahinter war eindeutig: ‚Na dann, ihr habt es nicht anders gewollt.'

Kein Inselbewohner bemerkte etwas. Sie alle hielten ihre Augen aufs Meer gerichtet – und auf das Schiff, das jetzt zu sehen war.

„Das ist Cormack", hauchte Kathleen. Sie legte mir einen Arm um die Schultern, obwohl ihr klar sein musste, dass mich nichts und niemand trösten konnte. Beinahe unsanft riss ich mich los, drängte mich durch die Gruppe der Schaulustigen und hockte mich neben den Karren. Mrs Silverton sog scharf die Luft ein, konnte sich aber vor all den Leuten keine fiese Bemerkung erlauben. Ungehindert vergrub ich die Finger in Schmuggels Fell, und Noah tat auf der anderen Seite des Karrens dasselbe. Während wir den Wolfshund streichelten, dachte ich an den Tag, an dem er als blinder Passagier vom Postschiff gekommen war. Daran, wie er sich nach anfänglichem Misstrauen als lieber, treuer Kerl entpuppt hatte, der mich ständig zu beschützen versuchte. Und gleich sollte ich mich für immer von ihm trennen? Mit aller Kraft wünschte ich mir, die Zeit anhalten zu können, doch der blau-weiße Kutter hatte uns schon erreicht.

Cormack sprang auf den Pier, um sein Schiff an einem

Poller festzubinden. Dann deutete er stirnrunzelnd zum Karren. „Nanu, ist mit dem Hund alles in Ordnung?"

Mrs Silverton räusperte sich laut. „Körperlich ja. Aber er ist leider gemeingefährlich und muss schleunigst von den Kindern entfernt werden. Wären Sie so nett, mich mit ihm zum Festland zu bringen?"

Cormack zögerte einen Moment, und eine allerletzte, winzige Hoffnung keimte in mir auf. Vielleicht würde er sich ja weigern, Schmuggel zu transportieren? Vielleicht bekamen wir auf diese Weise zumindest noch ein bisschen Zeit …

Doch da verzog sich Cormacks wettergegerbtes Gesicht zu einem Lächeln. „Mit dem größten Vergnügen", sagte er. „Warten Sie, ich sorge nur schnell für Platz."

Schwungvoll sprang er zurück an Bord, während meine Hoffnung wie ein Kartenhaus in sich zusammenfiel. Jetzt konnte ich meine Tränen nicht länger zurückhalten. Nur verschwommen sah ich, dass Cormack die Tür zur Kajüte öffnete. Dort lagerte er immer die Zutaten für Kathleen, damit sie vor Regen und Spritzwasser geschützt waren. Doch als er wieder ins Freie trat, hatte er keine Einkäufe dabei – sondern eine zierliche, grauhaarige Frau.

Selbst durch meinen Tränenschleier merkte ich, dass

sie mir bekannt vorkam. Dieses schüchterne Lächeln hatte ich schon einmal gesehen, da war ich mir ganz sicher. Noch ehe ich genauer darüber nachdenken konnte, wurde die freundliche Miene der Frau jedoch von einem besorgten Ausdruck abgelöst. Ohne ein Wort verließ sie den Kutter, und auch die Inselbewohner blieben ungewöhnlich still. Das Auftauchen der fremden Frau schien alle sprachlos gemacht zu haben. Rasch kam sie zu uns und beugte sich über Schmuggel. Jetzt erst fiel mir auf, dass sie eine Arzttasche dabeihatte. Als sie ein Stethoskop hervorholte und mit geübten Handgriffen begann, Schmuggel zu untersuchen, erinnerte sie mich schmerzlich an Nana. Wie gebannt beobachtete ich sie, während sie Puls und Atmung kontrollierte.

„Sieht alles ganz gut aus“, sagte sie dann mit einer zarten, hohen Stimme. „Wenn die Injektionen sofort eingestellt werden, sollte er keinen Schaden davontragen.“

Brenda Graham hatte sich als Erste wieder gesammelt. Stirnrunzelnd trat sie einen Schritt nach vorne und fragte: „Entschuldigung, aber wer sind Sie eigentlich?“

Die Frau schob sich eine zerzauste Haarsträhne hinters Ohr. Den Kopf hielt sie dabei noch einen Moment lang gesenkt, doch dann strafften sich ihre Schultern. „Möchtest du es ihnen sagen, Mildred?“, fragte sie. „Oder soll ich?“

Mit wachsender Verwirrung folgte ich ihrem Blick – und riss die Augen auf.

Mildred Silverton war bleich wie ein Gespenst. Mehrmals öffnete und schloss sie den Mund, brachte aber kein Wort heraus. Letztendlich war es Cormack, der dem Schweigen ein Ende setzte.

„Darf ich vorstellen?“, sagte er freundlich. „Das ist Winifred Appleton, und sie hat euch etwas Wichtiges zu erzählen.“

27. KAPITEL

Fergus, der Held

Kaum hatte Cormack zu Ende gesprochen, da wusste ich, woher die zierliche Frau mir bekannt vorkam: Sie war auf dem Zeitungsfoto zu sehen, das in der Praxis hing. Ich hatte sie für die Arzthelferin gehalten, aber sie musste Mrs Silvertons Kollegin gewesen sein.

Und noch etwas anderes wurde mir in diesem Moment klar. „Meine Nana hat mit Ihnen zusammen studiert!“, rutschte es mir heraus.

Wieder formten Mrs Appletons Lippen ein kleines,

schüchternes Lächeln – das Gegenteil von Mrs Silvertons typischem Zähneblecken. „Ja, so ist es. Ich erinnere mich sehr gut“, sagte sie. „Cleo war immer nett zu mir. Im Nachhinein wünschte ich, dass ich damals mehr Zeit mit ihr verbracht hätte als mit –“

„Was hast du hier zu suchen?“, fiel Mrs Silverton ihr ins Wort. „Wer, um Himmels willen, hat dich eingeladen?“

Sämtliche Köpfe fuhren herum, als ein heiseres Krächzen vom Kutter schallte.

„Das war ich.“ Der alte Fergus war unbemerkt aus der Kajüte getreten und schaute uns mit zusammengekniffenen Augen an. „Ich weiß, dass die meisten von euch ganz hin und weg von der neuen Tierärztin sind, aber ich hatte schon länger meine Zweifel. Vor allem, seit das mit den ekligen neuen Rezepten angefangen hat. Wer Kathleens Kuchen nicht leiden kann, macht sich in meinen Augen schwer verdächtig.“

„Lieb von dir“, sagte Kathleen, die sich eng an Cormack schmiegte. Hatte sie über alles längst Bescheid gewusst? Jedenfalls wirkte sie bei Weitem nicht so erstaunt wie wir anderen.

Umständlich kletterte der alte Fergus von Bord des Kutters, ehe er fortfuhr. „Noch schlimmer wurde es, als ich die verletzte Möwe fand. Ihr Flügel war verbunden, und sie hätte eigentlich noch auf Cleos Pflegestation bleiben sollen. Aber ich nehme an, sie wurde von der neuen Tierärztin einfach vor die Tür gesetzt. Also hab ich sie bei mir aufgenommen."

„Das warst du?", fragte ich verblüfft. „Ich dachte, Doktor Thompson hätte sich um Meinsmeins gekümmert!"

„Nö, ich", brummte Fergus. „Aber das undankbare Vieh ist mir immer wieder entwischt und hat seinen Verband dreckig gemacht. Also musste ich Nachschub besorgen, und bei dieser Gelegenheit hab ich euch beide belauscht."

„Gestern am frühen Morgen in der Praxis!", rief Noah, während ich versuchte, meine Gedanken zu ordnen. Mrs Silverton hatte doch vorhin behauptet, wir hätten etwas aus dem Medikamentenschrank geklaut …!

„Ganz genau." Der alte Fergus zuckte die Achseln, als wäre sein Diebstahl nicht der Rede wert. „Ihr zwei habt darüber gesprochen, dass mit der neuen Tierärztin etwas nicht stimmt. Also habe ich beschlossen, Mrs Silverton zu googeln."

Brenda Graham schnappte nach Luft. „Du hast das Internet benutzt?", fragte sie staunend. „Und *das Google*?" Zum wohl allerersten Mal schaute sie den alten Fergus voller Hochachtung an.

„Jep, und ich würde es wieder tun." Grimmig schob Fergus sein stoppelbärtiges Kinn nach vorne. „Auf diese Weise habe ich ganz schnell rausgekriegt, dass die Praxis Silverapple bis vor Kurzem von zwei Ärztinnen geführt wurde: Mildred Silverton und Winifred Appleton. Winnies Adresse herauszufinden, war dann nur noch ein Klacks."

Wie auf Kommando drehten sich nun wieder alle zu Mrs Appleton, die mit dem Griff ihrer Arzttasche herumspielte. „Er und Cormack standen gestern Abend einfach vor meiner Tür", sagte sie leise. „Zuerst wollte ich gar nicht nach Patch Island mitkommen, aber dann hat Fergus so nett gefragt. Und natürlich musste ich etwas gegen Mildreds gefährliche Behandlungsmethoden unternehmen ..."

Ein Raunen ging durch die Runde der Zuhörer, und ich war nicht sicher, ob es eher mit den gefährlichen Behandlungsmethoden oder mit Fergus' angeblicher Nettigkeit zu tun hatte. Doch bevor jemand etwas sagen konnte, stieß Mrs Silverton einen lauten Seufzer aus. Mittlerweile war die Farbe in ihre Wangen zurückgekehrt, und sie wirkte nicht mehr geschockt, sondern nur noch entrüstet.

„Meine Liebe", sagte sie in einem Tonfall, als spräche sie mit einem unartigen Kind. „Den Weg hierher hättest du dir sparen können. Wir haben unsere Zusammenarbeit nicht im Guten beendet, aber solche Racheaktionen sind doch unter deiner Würde. Finde dich einfach damit ab, dass meine Ansprüche zu hoch für dich waren."

Mrs Appleton errötete. Jetzt erinnerte ich mich an Nanas Bemerkung, Winifred hätte als Studentin in Mrs Silvertons Schatten gestanden. Sie war wirklich sehr schüchtern, und es musste sie eine Menge Überwindung gekostet haben, hierherzukommen. Glücklicherweise eilte ihr der alte Fergus zu Hilfe.

„Lass dich nicht unterbuttern, Winnie!", bellte er. „Verrate den anderen, was du Cormack und mir gestern Abend erzählt hast!"

Mrs Silverton schüttelte den Kopf. „Winifred, du wirst

doch jetzt nicht eine alte Freundin mit haltlosen Anschuldigungen –"

„Eine alte Freundin?", wiederholte Mrs Appleton, und ich glaubte zu hören, dass ihre Stimme ein bisschen zitterte. „Wir … Wir waren keine Freundinnen. Keine richtigen. Leider ist mir das zu spät klar geworden, weil ich dich von Anfang an bewundert habe. Du hattest ja immer die besten Noten und warst später als Ärztin so erfolgreich. Aber dieser Erfolg lag dir mehr am Herzen als das Wohl deiner Patienten."

„Das ist absurd", sagte Mrs Silverton herablassend. „Meine Patienten waren sehr zufrieden. Ich habe mehrere Urkunden, die das beweisen."

„Deine Patienten sind aber nicht die Besitzer der Tiere, sondern die Tiere selbst!", stieß Mrs Appleton hervor. Inzwischen schien es sie nicht mehr zu kümmern, dass fremde Leute um sie herumstanden und lauschten. Was sie sagte, klang so, als hätte sie es schon viel zu lange zurückgehalten. „Wahrscheinlich hätte ich gleich hellhörig werden müssen, als du mir einmal verraten hast, dass du lieber Ärztin für Menschen geworden wärst", redete sie hastig weiter. „Eine *richtige Ärztin,* so hast du das genannt. Auf jeden Fall hast du die Tiere fast wie Gegenstände behandelt, die man reparieren muss! Das wurde sogar noch schlimmer, nachdem du beschlossen hattest, unsere Praxis teuer umbauen zu lassen. Du wolltest möglichst schnell viel Geld verdienen und warst immer unsanfter zu den Patienten. Dann geschah die Sache mit Rover."

Bis zu diesem Moment hatte Mrs Silverton den Eindruck erweckt, als würden all diese Worte einfach an ihr abprallen. Bei Mrs Appletons letztem Satz spannte sie sich jedoch merklich an, auch wenn sie das mit einem höhnischen Auflachen zu überspielen versuchte.

„Welcher Rover?", fragte Noah prompt.

„Ein gemeingefährliches Biest, genau wie dieses da", sagte Mrs Silverton eisig und deutete auf Schmuggel.

Mrs Appleton schüttelte den Kopf. „Er war ein verletzter Hund, der große Schmerzen hatte! Als du trotzdem grob mit ihm umgegangen bist, wusste er sich nicht anders zu helfen und hat dich in den Arm gebissen. Von da an waren dir Tiere nicht bloß egal, sondern du hattest Angst vor ihnen. Aber das wolltest du auf keinen Fall zugeben. Darum hast du begonnen, Medikamente an ihnen auszuprobieren, die sie gehorsam machten."

„Winifred, das genügt jetzt", zischte Mrs Silverton, während sie den rechten Ärmel ihrer Bluse nach unten zog. „Niemand interessiert sich für solche Geschichten."

„Ich schon!", rief Tratschtanten-Tilda, und ihre Augen hinter den Brillengläsern wurden ungewöhnlich schmal. „Was waren das für Medikamente?"

„Beruhigungsmittel, die eigentlich für besonders aggressive oder panische Wildtiere gedacht sind", erklärte Mrs Appleton. „Man sollte sie nur in Notfällen benutzen, ganz sicher nicht täglich. Auch bei sehr jungen oder alten Tieren muss man vorsichtig sein, und bei bestimmten Rassen. Irische Wolfshunde vertragen den Wirkstoff zum Beispiel gar nicht gut."

„Deswegen hat Mrs Silverton nicht versucht, Schmuggel damit ruhigzustellen!", rief ich, und Mrs Appleton nickte.

„Ja, aber sie hat sich wahrscheinlich auch nicht zu nahe an ihn herangetraut. Rover sah so nämlich ganz ähnlich aus wie er, also –"

„ICH SAGTE, DAS GENÜGT!", brüllte Mrs Silverton so laut, dass ihre Stimme sich überschlug. „Dieses ganze Gerede ist vollkommener Schwachsinn! Ich liebe Tiere über alles, deshalb geht es mir bei meinem Job selbstverständlich nicht ums Geld!"

Der alte Fergus legte den Kopf schief. „Ach ja? Wieso haben Sie dann eine verletzte Möwe einfach ausgesetzt?“

„Das ist eine Lüge, genau wie alles andere.“ Mrs Silverton atmete tief durch, dann verzogen sich ihre Lippen plötzlich zu einem breiten Lächeln. Es wirkte fast, als hätte sie in ihrem Inneren einen Schalter umgelegt. Strahlend blickte sie in die Runde, während sie fragte: „Wem glaubt ihr eher, liebe Leute von Patch Island? Zwei störrischen Kindern, einem irren Alten und meiner arbeitslosen, missgünstigen Exkollegin – oder der besten Tierärztin, die es auf dieser Insel jemals gab?“

Ich öffnete den Mund, um etwas zu sagen, doch jemand anderer kam mir zuvor. Bauer Orin war einen Schritt auf Mrs Silverton zugetreten, seine zerknautschte Mütze in den Händen und einen ernsten Ausdruck im Gesicht.

„Mit Verlaub“, sagte er höflich, „*Cleo Collins* ist die beste Tierärztin, die es hier jemals gab. Und jetzt würde ich sehr gerne dieses Beruhigungsmittel sehen.“

Wie von selbst schoss meine Hand in die Luft. „Hier!“, sagte ich, hielt kurz die Pillenschachtel hoch und zog dann einen Blisterstreifen heraus. „Sie hatte einen ganzen Koffer voll mit dem Zeug.“

Pfarrer Morland keuchte erschrocken. „Aber die sehen ja genauso aus wie die Vitaminpillen, die Doktor Silverton meinen Katern gegeben hat!“

„Und meinem Schafbock!“, „Meinen Hühnern!“, „Meinem Murphybaby!“, schallte es von allen Seiten.

„Es *sind* Vitaminpillen“, fauchte Mrs Silverton, deren Lächeln sich in eine wütende Grimasse verwandelt hatte. „Keiner von euch kann mir das Gegenteil beweisen!“

„Warum probieren Sie dann nicht ein paar davon?“, fragte Noah. „Wo Ihnen gesunde Ernährung doch so wichtig ist.“

Von einer Sekunde auf die andere wurde es mucksmäuschenstill. Alle starrten Mrs Silverton an, die hektisch den Kopf hin und her drehte.

„Ihr … ihr seid ja alle komplett verrückt!“, japste sie schließlich.

„O ja“, stimmte Mr O'Leary freundlich zu. „Das sind wir. Deshalb passen unsere verrückten, aufmüpfigen, unperfekten Tiere auch so gut zu uns. Oder möchten Sie in einem letzten Interview das Gegenteil behaupten?“ Er zückte Bleistift und Notizblock, und Mrs Silverton machte ein Gesicht, als wollte sie ihm am liebsten beides aus den Händen schlagen.

„Lassen Sie mich bloß in Frieden“, kreischte sie. „Ihr alle! Was bin ich froh, wenn ich euch und eure Schrullen nicht mehr ertragen muss!“

„Wie schon gesagt, ich bringe Sie sehr gerne zum Festland“, bot Cormack an. „Aber bitte verzichten Sie darauf, wieder meine Kajüte umzuräumen. Am liebsten mag ich alles genau so, wie es immer war.“ Er zwinkerte Kathleen zu, die verliebt zu ihm aufblickte.

Schäumend vor Wut warf Mrs Silverton den Kopf in den Nacken. „Ich reise ganz bestimmt nicht mit der da“, fauchte sie und zeigte auf Mrs Appleton.

„Das müssen Sie vielleicht auch gar nicht“, entgegnete Cormack. „Wenn wir großes Glück haben, lässt sich Winifred überzeugen, hier als Tierärztin einzuspringen. Zum Beispiel, nachdem sie einen von Patch Islands berühmten Kuchen probiert hat …“

„Zitronenkuchen“, ergänzte Kathleen schnell. „Mittwochs steht Zitronenkuchen auf dem Plan.“

Nun richteten sich alle Augen auf Mrs Appleton, und abermals wurde es so still, dass nur noch Mrs Silvertons Schnaufen zu hören war. Vor lauter Spannung schienen sämtliche Inselbewohner den Atem anzuhalten. Einen Moment lang befürchtete ich, diese Aufmerksamkeit könnte zu viel für die schüchterne Winifred sein – sie hatte den Blick gesenkt und nestelte wieder am Griff ihrer Tasche herum.

Dann aber hob sie den Kopf, und ihre Mundwinkel wanderten langsam nach oben.

„Zitronenkuchen?", wiederholte sie. „Was für ein Zufall! Den mag ich nämlich ganz besonders gern."

28. KAPITEL

Eil-Bonbons und Zukunftspläne

Der alte Fergus schnaubte wie ein wütender Stier. Beide Hände um den Rand des Tresens gekrallt, starrte er Brenda Graham aus zusammengekniffenen Augen an.

„Das ist nicht dein Ernst", knurrte er. „Du willst dich über mich lustig machen, das merke ich genau!"

„Aber nein", flötete Brenda. „Wirklich nicht, mein Lieber. Hier ist deine Post." Lächelnd schob sie einen Stapel Briefe über den Tresen, doch Fergus machte keine Anstalten, danach zu greifen. Stattdessen zeterte er mit hochrotem Gesicht weiter. „Du hast mir doch noch nie mein Zeug ausgehändigt, ohne nach meinem Ausweis zu fragen! Und den hab ich nicht dabei, damit du's nur weißt! Der ist *ganz, ganz* woanders!"

Liebevoll tätschelte Brenda seine Hand. „Schon gut, ich kenne dich ja. Du bist der Mann, der dabei geholfen hat, die Tiere von Patch Island zu retten. Da drücke ich gerne mal ein Auge zu."

„Also … also …", stammelte der alte Fergus und rang nach Luft. „Die Sicherheitsvorkehrungen in diesem Postamt sind wirklich das Letzte. Das Aller-, Allerletzte! Stimmt's oder hab ich recht?" Ruckartig drehte er den Kopf und schaute zu Meinsmeins, die auf seiner Schulter saß.

Meinsmeins plusterte sich auf. Sie sah so empört aus, wie eine Möwe nur aussehen konnte, und Fergus nickte ihr mit grimmiger Miene zu. „Sag ich doch", meinte er düster, ehe er nach seiner Post grapschte. „Außerdem kann ich Veränderungen nicht leiden. Die bringen nix als Pech!" Mit diesen Worten stampfte er aus dem Graham's Inn.

„Schönen Tag noch!", rief Brenda ihm nach. „Komm

bald wieder! Süßer Vogel, übrigens!“ Ich war mir sicher, dass sie die ganze Sache heimlich genoss. Schmunzelnd wandte sie sich an Mr O’Leary, der als Nächster in der Schlange vor dem Tresen stand. „Für dich habe ich heute nur eine Zeitung“, sagte sie und zuckte zusammen, als Mr O’Leary einen Schrei ausstieß.

„Nur eine Zeitung? *Nur* eine Zeitung?! Das ist eine der wichtigsten Zeitungen des Landes! Und dass ich jetzt ein Exemplar erhalten habe, kann nur eines bedeuten – sie haben einen Artikel von mir angenommen!“ Strahlend blätterte er durch die Seiten. „Ihr erinnert euch doch sicher daran, dass ich zuerst über die gestrandeten Wale schreiben wollte, und dann über Mrs Silvertons Pflegeinstitut. Aber letztendlich habe ich mich für einen schonungslosen Enthüllungsbericht entschieden, der davon handelt, wie leichtfertig Beruhigungsmittel bei Tieren –“

Er stockte, als eine Karte zwischen zwei Seiten hervorrutschte. Es war eine handschriftliche Notiz, und während Mr O’Leary sie las, sackten seine Schultern nach unten.

„Die Redaktion schreibt, dass sie meinen Text lieber als Leserbrief abgedruckt haben“, meldete er geknickt. „Für einen richtigen Artikel sei er zu dramatisch formuliert.“

„Die Sache *war* dramatisch“, rief Tratschtanten-Tilda

vom Ende der Schlange. Als ich mich zu ihr drehte, sah ich, dass sie die Arme um ihren eigenen Oberkörper geschlungen hatte. Früher hätte sie in so einer Situation bestimmt Mr Murphy an ihre Brust gedrückt, aber der saß gerade zusammen mit Schmuggel vor dem Graham's Inn.

Seit er keine Pillen mehr bekam, war er wieder ganz der Alte: quirlig, anhänglich und furchtbar verfressen. Trotzdem würde sein Gewichtsproblem vielleicht schon bald gelöst sein. Tilda war nämlich so erleichtert über seine zurückgewonnene Energie, dass sie geschworen hatte, ihn nie wieder unnötig herumzuschleppen.

Auch die anderen Tiere hatten sich zum Glück restlos erholt. Rory und Finn waren wieder zu wild, um Pfarrer Morland in den Beichtstuhl zu begleiten, Schafbock Johnny entwischte regelmäßig von seiner Weide, und Mr O'Learys Hühner rannten an manchen Tagen ebenfalls lieber durch die Gegend, als Eier zu legen. Aber daran störte sich niemand mehr. Die Inselbewohner hatten endlich gelernt, dass ihre Haustiere genauso schräg sein durften wie sie selbst.

Die Sache mit dem Artikel schien Mr O'Leary aber doch sehr zu wurmen. „Vielleicht hätte ich nicht *Das Grauen heißt Silverton* als Überschrift wählen sollen“, klagte er. „Und auch nicht schreiben, dass uns die Erinnerung an diese teuflischen Pillen noch jahrelang Albträume bereiten wird, aus denen wir schreiend erwachen …“

Wir anderen schwiegen ratlos, bis eine sanfte Stimme vom Eingang des Gasthauses zu uns drang. „Also, ich persönlich finde Leserbriefe toll. Die sind so schön ehrlich und unverfälscht.“

Winnie stand an der Tür, ihr übliches scheues Lächeln auf den Lippen. Sie arbeitete zwar erst seit wenigen Tagen als Nanas Vertretung, schien sich aber bereits an die schrulligen Inselbewohner gewöhnt zu haben. Jedenfalls hatte sie nun genau die richtigen Worte gewählt, um Mr O'Leary aufzuheitern.

„Die Hauptsache ist ja, dass ich die Menschen vor Mrs Silverton gewarnt habe", sagte er zufrieden. „Niemand, der meinen Bericht gelesen hat, wird noch einen Fuß in ihre Praxis setzen."

„Ganz genau", stimmte Brenda zu. „Ihre Webseite ist auch aus dem *Google* verschwunden. Jetzt kann keiner mehr so auf ihr Grinsen hereinfallen wie … äh, tja, wie ich." Etwas zerknirscht kramte sie in dem Poststapel, dann überreichte sie Noah und mir je eine Ansichtskarte.

Noah stieß ein leises Schnauben aus. „Mein Dad ist immer noch in Japan und will nach wie vor, dass ich mich für Schloss Greenwood entscheide", sagte er augenrollend.

Das versetzte meiner Laune einen kleinen Dämpfer, aber ich schob den Gedanken an das Internat schnell beiseite, um meine Postkarte zu lesen.

„Von Nana!", jubelte ich und überflog die schwungvoll geschriebenen Zeilen. „Sie ist gut in der Reha-Klinik angekommen und glaubt, dass sie es dort eine Weile aushalten wird. Das Essen soll allerdings so scheußlich sein, dass sie für ein paar Bonbons von Kathleen absolut *alles* tun würde."

„Schickt ihr doch welche“, schlug Cormack vor, der ebenfalls in der Schlange stand. „Meine Süße macht euch sicher schnell eine Tüte zurecht.“

Verwirrt schaute ich ihn an. „Wie soll ich Nana denn etwas schicken? Das Postschiff hat ja längst abgelegt!“

„Ich kann es noch mit meinem Kutter einholen, wenn ihr euch beeilt.“

Kaum hatte Cormack zu Ende gesprochen, da brach auch schon allgemeiner Trubel los. Noah und ich wurden regelrecht aus dem Graham's Inn gescheucht und liefen schnell zu Kathleens Bäckerei. Als wir zurückkehrten, hatte Brenda bereits einen Karton mit Adresse und Briefmarken versehen. Im Handumdrehen waren die Bonbons verpackt, sodass wir uns auf den Weg zum Hafen machen konnten. Begleitet wurden wir dabei nicht nur von Cormack und Schmuggel, sondern auch von den Rufen der anderen Inselbewohner.

„Hopp, hopp, hopp!“, brüllten sie uns durch die offene Gasthaustür hinterher, als wären sie Zuschauer bei einem Wettrennen. Ein Kichern blubberte in mir hoch, während ich an den niedrigen Steinmauern und Ginsterbüschen entlangstürmte. So etwas konnte einem auch nur hier auf Patch Island passieren: Meine Oma verspürte Appetit auf etwas Süßes, und unsere Nachbarn drehten vollkommen durch, um ihr diesen Wunsch zu erfüllen. Mrs Silverton hatte recht, wir Inselbewohner waren ganz schön verrückt – und ich hoffte, dass das auch immer so bleiben würde.

Atemlos erreichten wir den Hafen, wo Cormack mit einem Riesensatz auf seinen Kutter sprang. Vor lauter Hektik hätten wir beinahe vergessen, das Bonbon-Päckchen zu übergeben. Noah konnte es ihm gerade noch zuwerfen.

„Wenn du den Walen begegnest, grüß sie von uns!“, keuchte ich.

Cormack winkte lachend aus der Fahrerkabine, ehe er davontuckerte.

Seite an Seite blieben Noah und ich stehen, die Augen auf das glitzernde Meer gerichtet. Über uns kreischten die

Möwen, und eine leichte Brise spielte mit meinem Haar. Am liebsten hätte ich einfach die friedliche Stimmung genossen, aber es gab da etwas, das ich dringend mit Noah besprechen musste. Die Worte schienen beim Glucksen der Wellen immer weiter an die Oberfläche zu drängen, bis ich sie nicht mehr zurückhalten konnte.

„Gekommen bist du übers Meer", murmelte ich, *„du Rarität passt gut hierher."*

„Wie bitte?", fragte Noah verdutzt.

„Das war eine von Florabellas Weissagungen, erinnerst du dich?" Flüchtig machte ich eine Bewegung mit den Händen, als öffnete ich eine unsichtbare Pergamentrolle. „Wir dachten ja, das hätte mit dir zu tun, weil du der Fee ganz besonders gefallen hast. ‚Hübscher Knabe' und so, du weißt schon. Aber inzwischen glaube ich, dass das eigentlich *meine* Prophezeiung war. Wir haben die Rollen wohl alle verwechselt. Auf dem Pergament, das ich gelesen habe, stand nämlich was von … äh, kranken Herzen, das war natürlich nicht meine, sondern Nanas Weissagung. Und überleg doch mal: Ich passe als Pooka eben gut dorthin, wo wir die Prophezeiungen bekommen haben – also auf die magische Pflegestation."

„Und was ist mit der Zeile: *Gekommen bist du übers Meer?*“, fragte Noah langsam.

Ich drehte den Kopf und schaute ihm in die blaugrauen Augen. „Es könnte doch sein, dass ich nicht von jemandem übers Meer *gebracht* wurde, sondern allein hierhergekommen bin!“

Verständnislos zog Noah die Brauen zusammen. „Als Baby?!“, fragte er, dann fiel bei ihm der Groschen. „Oh, du meinst … nicht als *menschliches* Baby.“

„Ganz genau!“, stimmte ich aufgeregt zu. „Immerhin ist Meerwasser bekannt dafür, Verwandlungen auszulösen. Aber vielleicht sind meine Eltern keine Pookas und wussten das nicht, oder sie haben einfach nicht so früh mit dem Erwachen meiner Fähigkeiten gerechnet. Jedenfalls könnte ich beim Planschen einen Fisch gesehen haben, und in der nächsten Sekunde …“

„… warst du ein kleiner schwarzer Fisch“, ergänzte Noah. „Bist deinem Dad oder deiner Mom einfach durch die Finger geschlüpft und hast sofort die Flucht ergriffen.“

Ich nickte heftig. „Ja, meine Eltern konnten mich wohl nicht mehr einfangen. Aber es ist doch möglich, dass sie es zumindest versucht haben.“ Tief holte ich Luft, dann erst wagte ich es, den nächsten Satz auszusprechen: „Es ist möglich, dass sie mich wollten."

Meine Worte schienen in der folgenden Stille nachzuhallen. Noah hatte den Kopf zur Seite gelegt, als lausche er dem Echo, bis er mit gedämpfter Stimme riet: „Du möchtest deine Eltern suchen, hab ich recht?"

Ich nickte stumm, während mein Herz wie wild hüpfte und flatterte.

Wieder hörte man für einige Sekunden nur den Wind und die Wellen, dann sagte Noah schlicht: „Okay. Ich bin dabei."

Verblüfft schaute ich ihn an. „Kannst du das überhaupt? Die Ferien sind doch fast zu Ende, und –"

„Erinnerst du dich noch an die Weissagung, von der wir dachten, sie wäre für deine Grandma?", unterbrach Noah. „Die könnte doch eigentlich für mich gewesen sein: *Bist fest verknüpft mit diesem Ort. Musst, wenn du schlau bist, nie mehr fort.*"

„Das heißt also, wenn du hierbleiben willst, musst du nur noch schlau werden", neckte ich ihn.

„Verdammt, das ist der kniffligste Part", sagte Noah mit einem schiefen Grinsen. „Aber wir schaffen das alles. Glaubst du nicht auch?"

„Es gelingt erstaunlich viel, wenn man es nur wirklich wiel“, zitierte ich die Kobolde, womit ich Noah ein leises Lachen entlockte. Dann spürte ich seine Hand in meiner, und wir sahen dabei zu, wie der Kutter am Horizont verschwand.

Kira Gembri wurde 1990 als zweitältestes von fünf Kindern in Wien geboren. Dieser schönen Stadt blieb sie auch nach ihrem Studium der Vergleichenden Literaturwissenschaft treu. Ihre Liebe zu Büchern teilt sie mit ihrem Mann und ihrer kleinen Tochter, die ganz fest an Märchen glaubt. Fabelwesen hausen übrigens keine bei ihr – aber ein Kater, der in seinem früheren Leben definitiv ein Kobold war.

Verena Körting wurde in Köln geboren und wuchs auch dort auf. Nach dem Kommunikationsdesign-Studium an der FH Düsseldorf zog sie nach Hamburg und arbeitete dort als Grafikdesignerin, was ihr aber auf Dauer zu langweilig war. Seit 2010 illustriert sie, mittlerweile hauptberuflich, für verschiedene Kinderbuchverlage. Sie lebt und arbeitet in Köln.

Das will ich lesen!

Band 1 · ISBN 978-3-7432-0459-1

Die 13-jährige Ruby Fairygale lebt auf einer kleinen Insel nahe der Westküste Irlands. Dort wird sie von ihrer Großmutter zur Tierärztin ausgebildet. Doch die beiden haben ein großes Geheimnis: Sie wissen, dass es auf der Insel nicht nur Tiere, sondern auch magische Fabelwesen gibt, die ihre Hilfe brauchen. Als eines Tages der mysteriöse Noah auftaucht, muss Ruby schnell entscheiden, ob sie ihm vertrauen kann – denn ihre geliebten Fabelwesen sind plötzlich in Gefahr!

Loewe
Das will ich lesen!